La paroisse était presque parfaite

Anne Kurian

La paroisse était presque parfaite

Roman

Quasar

Conception couverture : © Christophe Roger
Image couverture : © Shutterstock

Composition : Soft Office (38)

89, bd Auguste Blanqui – 75013 Paris
www.editionsquasar.com

ISBN : 978-2-36969-064-1

Dépôt légal : 2e trimestre 2019

Merci à
Isabelle K.,
Hélène M.,
Joséphine,
Marie-So,
Hélène G.,
Myriam,
Régis,
Marie-Thérèse,
Claire C.,
Man-Jian,
Pigi,
Caro,
Jo M.,
Katéri,
Zab,
Claire B.,
Robert,
Anita,
et tant de visages de foi,
connus ou anonymes,
qui ont nourri ce roman.

I

… *Sainte Marie, Mère de Dieu, priez pour nous, pauvres pécheurs, maintenant et à l'heure de notre mort…*

Au pied de la statue de Notre-Dame de la Sagesse, dans la sacristie, le père Luc Le Goff se signa religieusement et rouvrit les yeux.

– Basile, tu peux tenir la croix bien droite ? Voilà. Elle allait tomber sur la tête de Côme. C'est bon pour l'encensoir, Adrien ? Ça va fumer ? On y va.

En file ordonnée, les six enfants de chœur sortirent de la sacristie.

Aussitôt qu'elle les vit, du coin de l'œil, Clémence s'arrêta immédiatement de faire répéter les chants. Au pupitre, Clémence Perrot s'adaptait remarquablement bien. Tempo impeccable, attitude recueillie, voix d'ange, c'était le chantre attitré du Dimanche des Familles, une fois par mois. La quinquagénaire, teinte rousse, coupe au carré, était professeur de musique au collège, ce qui était un atout indéniable pour cette fonction. Dans la paroisse Saint-Hugues, lorsqu'on avait une prédisposition, elle était mise à profit : le jeune curé de 43 ans, arrivé quatre ans plus tôt dans ce quartier de banlieue est, vivait de cette philosophie du talent.

L'église était aux trois quarts pleine, en cette mi-septembre, pour la rentrée paroissiale. Le père Luc et les enfants de chœurs rejoignirent le fond de l'église, où l'on attendit quelques instants afin de laisser aux retardataires le temps d'entrer dans les bancs. Charles de Boivin, un bébé dans les bras, entra en saluant son curé avec connivence. Blond, yeux bleus, lunettes rondes, visage ouvert, chemise à carreaux, 35 ans, Charles était un solide pilier de la paroisse. Il était pétri des documents du magistère, suivait assidûment l'actualité du Vatican, lisait le pape dans le texte : il était branché sur Rome. Luc Le Goff, lui-même formé dans la Ville éternelle, était fort aise d'avoir un paroissien aussi orthodoxe dans sa foi et attaché à la hiérarchie. L'épouse de Charles, Colombe, était impliquée dans le catéchisme, et leurs cinq enfants, au premier rang, s'occupaient à leur façon de l'animation des messes dominicales. Assis derrière eux, Grégoire et Élisabeth Favre étaient penchés sur leurs quatre enfants, non moins animés. Les deux couples trentenaires se connaissaient bien, ils faisaient partie de la même équipe Notre-Dame.

Au rythme de l'hymne *Jubilez, criez de joie*, la procession remonta la nef. Dans les bancs du fond, il y avait Hervé et Monique Jacquemin, qui comme d'habitude s'échappaient tout de suite après la communion, afin d'éviter les annonces paroissiales. Le père Luc avait déjà tenté de leur expliquer que la célébration se terminait à la bénédiction finale et qu'en partant si tôt ils manquaient l'envoi en mission : c'était à peu près pareil que de refermer un Agatha Christie sans avoir les conclusions d'Hercule Poirot. Peine perdue. En même temps, Hervé et Monique étaient des pros de la préparation de la kermesse, chaque année en juin. Ils se pliaient en quatre sans compter et leur entrain était communicatif. De plus, Monique soignait à la perfection le linge liturgique. Tous deux jeunes retraités, ils avaient du temps et de l'énergie, et ils s'engageaient sans répit.

Trois petites octogénaires aux cheveux mis en plis se signèrent avec célérité au passage de la croix. Luc avait surnommé les sœurs Pereira les « Trois Maria ». Tous les jeudis soir, avant la messe de 18 heures, elles récitaient fidèlement tout un rosaire, dans l'église. On pouvait leur reprocher de débiter les prières un peu rapidement, certes, mais elles marmottaient, de leur accent portugais prononcé, avec grande piété. Replètes, claudiquant à la façon *commedia dell'arte*, couvertes de gilets noirs en toutes saisons, les Trois Maria siégeaient toujours au même endroit, près d'une chapelle latérale où trônait une statue de sainte Thérèse de l'Enfant-Jésus, aux bras chargés de roses prêtes à se déverser en pluie de grâces. Et les Trois Maria avaient de nombreuses grâces à lui demander.

À l'autel, Luc embauma le chœur à coups vigoureux d'encensoir, puis le signe de croix plongea l'assemblée dans la célébration. La messe était un événement bien rodé, à Saint-Hugues. Les lectures avaient leurs lecteurs attitrés, qui articulaient, posément, faisant entrer les fidèles dans les textes sacrés. La liturgie était belle, Luc y tenait. De son côté, il soignait ses homélies : il racontait toujours quelque anecdote à la fois divertissante et spirituelle, qui captait l'attention ; il faisait participer les enfants ; il trouvait des thèmes actuels, semant des graines sans moraliser… globalement, les paroissiens appréciaient les homélies de leur curé. On passait un moment agréable : ce n'était pas une pénitence.

Aujourd'hui, il avait une annonce particulière, qu'il évoquait depuis plusieurs mois avec l'Équipe paroissiale. À l'ambon, il introduisit ainsi son grand projet :

– Chers frères et sœurs, en ce début d'année scolaire, après un bel été ressourçant, nous revoilà pleins de bonnes résolutions. Qu'avez-vous décidé ? De faire plus de sport ? D'apprendre une nouvelle langue ? De changer la déco de votre salon ? De prendre un chat à la SPA ? De vous inscrire à un cours de cuisine pour faire mieux que des œufs à la coque ?…

Sous le regard attendri de Luc, qui interrompit son propos avec un sourire, Charles vint récupérer sa petite dernière d'un an et demi, Clarisse, qui avait escaladé les marches jusqu'à l'autel, de son pas titubant devant lequel on retenait sa respiration.

– À Saint-Hugues, reprit-il, nous allons travailler au renouveau missionnaire de la paroisse, grâce à un programme d'évangélisation trépidant :

nous allons lancer un chantier, mettre nos idées en commun, pour annoncer notre foi et témoigner du Christ. Rien n'est encore prévu et tout est envisageable : grand questionnaire pour les jeunes ; CD de chants liturgiques pêchus ; ateliers d'iconographie ; théâtre de rue ; potager participatif citadin arrosé à l'eau bénite… En d'autres termes, restez connectés, ça va dépoter !

Le projet était aussi ambitieux qu'une assemblée générale du Synode des évêques. Mais Luc était confiant. Avec un plan méthodique, sa paroisse allait attirer, elle allait devenir le centre de gravité de toute la ville et au-delà. Elle serait Sel et Lumière. On viendrait de loin pour s'y ressourcer, car les hommes de ce monde avaient soif de ce sens qu'ils ne trouvaient plus sur le marché des plaisirs éphémères.

– C'était intéressant, mon Père, cette histoire de renouvellement, estima poliment Chantal en lui serrant la main à la sortie.

– De renouveau, corrigea Luc.

– Oui, approuva respectueusement la septuagénaire.

Chantal Aubry faisait chanter l'assemblée le premier dimanche du mois. Elle n'entonnait pas toujours au ton juste mais elle était plébiscitée par les paroissiens de sa génération, attachés aux chants de leur époque : *Un grand champ à moissonner*, au moins, c'était concret ; et *La paix elle aura ton visage*, c'était clair, aucune ambiguïté, il revenait à chacun de retrousser ses manches. Les cheveux blancs relevés en chignon, le teint cireux, Chantal était un peu distraite, notamment à la communion où il lui était arrivé quelquefois de répondre « merci » en recevant l'hostie.

– Bon dimanche, lui souhaita Luc avant de se tourner vers Christophe Soulier, un catéchumène d'une quarantaine d'années qui se préparait à recevoir le baptême pour Pâques.

– Bonjour, mon Père. Vous savez qu'il faut laisser tourner 20 secondes les moteurs turbodiesels avant de couper les gaz ? questionna Christophe en souriant benoîtement.

Atteint d'une maladie mentale qui le condamnait à une lourde médication, il vivait d'allocations et de petits services rendus de-ci de-là. Cheveux bruns, les gestes hésitants, la tête souvent abaissée, Christophe ne regardait jamais dans les yeux. Toutefois, il parlait volontiers, notamment des voitures, qu'il avait pour passion. À Saint-Hugues, il avait trouvé une famille, se félicitait Luc en constatant sa joie de venir et d'aborder les paroissiens de son air bon enfant.

Après le chant final, l'organiste, Jacques Tellier, était parti dans une improvisation hors de contrôle, tous soufflets ouverts, dont il arrosait le parvis par les battants béants de la porte. La mélodie, impétueuse et grandiloquente, était à l'image du caractère du musicien aux cheveux longs grisonnants et au regard légèrement absent, rempli de croches, de noires et de soupirs.

Enfin libres après une heure de chuchotements contenus, les enfants se défoulaient, galopant et criant autour des groupes de discussions. Tout le monde s'entendait globalement bien dans la paroisse, mais on se mélangeait peu : les retraités restaient entre eux, les familles entretenaient leurs amitiés mutuelles et les célibataires gardaient une complicité compréhensible.

– Vous restez au pique-nique ? demanda Colombe aux Favre.

Colombe était blonde comme son mari Charles, de petite taille, élégante dans son ensemble à courte jupe bleu ciel, avec la touche aristocratique de son collier de perles. En femme au foyer organisée, elle avait apprêté des quiches et des salades pour un régiment en vue du déjeuner partagé.

– On ne peut pas, on a de la famille, déclina Élisabeth.

– Invitez-les ici ! On va certainement parler du programme d'évangélisation.

– Pas vraiment le genre de mon frère, commenta Grégoire.

Les Favre s'en retournèrent donc chez eux, dans leur maison-lotissement, pour le repas dominical qu'ils partagèrent avec Samuel, invité occasionnel, oncle adulé de ses quatre neveux à qui il avait solennellement promis de faire goûter un cigare et un doigt de Whisky à leurs 10 ans. Cadet d'un an de Grégoire, Samuel était journaliste-reporter à Caméscope, le quotidien local. Cheveux châtain clair toujours en bataille, lunettes anti-lumière bleue, il cultivait un style bobo branché et des herbes aromatiques sur son balcon.

– Ça va le boulot ? s'enquit Grégoire autour de la table familiale.

– Bof, en ce moment il n'y a rien d'appétissant. Les rentrées des associations, c'est rasoir… Tu n'aurais pas fait du covoit avec un tueur en série par hasard ? Ça alimenterait mes colonnes.

– Tu ne veux pas que j'écrive tes articles, non plus ? plaisanta Grégoire.

– Et ta responsabilité de citoyen ? Tu crois que nos infos viennent d'où ? D'honnêtes gens qui alertent la presse.

– Promis, si je vois mon voisin sortir avec un sac-poubelle et une pelle en pleine nuit, je t'appelle.

– Est-ce que nous aussi on peut donner des idées ? intervint Adrien.

– Pourquoi pas, répondit l'oncle. Il se passe des choses intéressantes dans ton école ?

L'enfant s'anima :

– Oui, cette année dans notre classe on a adopté un poisson rouge !

Une initiative qui déclencha le courroux de l'oncle :

– Incroyable, on ne peut pas laisser ces pauvres poissons tranquilles dans leur riv…

– Hum, toussota Grégoire en adressant un regard de reproche à son frère.

Sam se racla la gorge :

– Il s'appelle comment ce poisson ?

– Bubulle.

– Original.

– Attends, se souvint Grégoire à temps pour éloigner le sujet épineux, j'ai une idée de reportage : notre paroisse lance un chantier d'évangélisation, ça peut être très int…

– Tu te fous de moi ? l'interrompit Samuel.

– Pas du tout. Tu es bien dans les rubriques Culture et Société ? L'Église, c'est les deux, en un sens.

– L'Église ferait mieux de régler ses propres problèmes au lieu de faire du prosélytisme, marmonna le journaliste.

Grégoire s'impatienta :

– Tu vas encore la ramener avec l'Inquisition et les croisades ?

– Pas besoin de remonter si loin : la pédophilie, l'interdiction du mariage des prêtres, la fatwa contre le préservatif, l'excommunication des divorcés, la misogynie patente…

– Hein ? Seigneur, quel charabia, il mélange tout… tu pourrais quand même essayer de t'y intéresser *a minima* pour le Caméscope, notre curé a de grands projets, il va y avoir du lourd je pense.

Samuel se mit à ricaner.

– Vous ne réussirez qu'à attirer des malades et des déséquilibrés, c'est tout.

– Tant mieux, rétorqua Élisabeth, c'est pour eux que Jésus est venu.

Discrète, la brune et fine Élisabeth ne participait à la conversation que pour défendre les plus vulnérables. Même affairée à la cuisine et au service, son cœur de mère était interpellé par les misères d'autrui. Elle ne s'intéressait pas aux fictions, se laissant émouvoir au contraire par tous les témoignages de vie marqués de souffrance, de résilience ou de pardon.

– Le hic, tu vois, renchérit Grégoire, c'est qu'on est tous des malades. Il faut juste le reconnaître.

Samuel leva les yeux au ciel.

– Vous êtes com-plè-te-ment illuminés. Perso, j'ai aucune envie d'être malade avec vous, hein. Je me porte bien, ma vie a du sens même sans Jésus.

– Et après ? poursuivit son frère.

– Après quoi ?

– Après cette vie-là ? Il y a du sens ?

Sam haussa les épaules.

– Après la mort, plus personne n'est là pour se poser des questions philosophiques. Le sens, c'est ici et maintenant.

– Une vie qui se termine à la mort, ça te suffit ?

Parfaitement. Ça lui suffisait. Inutile d'élucubrer sans fin sur un Après dont on ignorait tout puisque personne n'en était jamais revenu pour raconter.

Il était encore sous le coup de cette conversation lorsqu'il retrouva ses trois amis, Églantine, Alessandro et Kilian, à la terrasse d'un café, en fin de journée. Tous célibataires, tous véganes, tous habillés local et durable, ils revendiquaient leur liberté de pensée par rapport à tout système. Comme badauds devant vitrine, ils observaient la société de leur esprit critique, trouvant ses torts et leurs solutions. Il eût suffi qu'ils fussent élus pour sauver le pays. Pris individuellement, ils étaient inoffensifs. Et leurs prénoms avaient tous une explication : Églantine était de mère fleuriste et de père jardinier. Elle-même était bibliothécaire, avec la voix douce et la démarche discrète configurées pour les lieux d'étude. Alessandro était un artiste-peintre qui avait italianisé son nom pour obtenir plus de succès. Kilian avait été nommé comme cela par ses parents qui avaient ouvert au hasard un livre de prénoms à sa naissance. Toute son enfance avait été sous le signe de ce hasard : père et mère ne se souvenaient de son existence que lorsqu'il se faisait entendre. Il avait donc choisi de devenir arbitre, métier qui ne payait pas suffisamment, aussi il complétait par un poste d'assureur dont il s'acquittait brillamment avec autant d'insouciance que s'il s'agissait d'un loisir de plage. Kilian avait du potentiel, bien qu'il semblât ne jamais rien prendre au sérieux. Il venait à l'instant de chausser les lunettes qu'Églantine avaient laissées sur la table, en émettant des pronostics sur le temps qu'elle mettrait à s'en rendre compte.

– Merde, j'ai oublié mon portefeuille chez mon frère, s'aperçut Sam en s'installant avec eux.

– Pratique, fit Kilian.

– Je t'invite, proposa Alessandro. Vous pouvez constater que le plus généreux est aussi le plus démuni.

Kilian réajusta les lunettes sur son nez.

– Tout le monde sait qu'à la fin, c'est moi qui vais tout régler. Alors, Sam, t'es sur quel sujet en ce moment ?

– J'en ai une bonne, narra le journaliste d'un ton sarcastique : mon frère voulait que je fasse un reportage sur sa paroisse. Le petit monde croustillant des catholiques…

Ses amis éclatèrent de rire.

– Attention, faits divers à la Jacques l'Éventreur papiste, pouffa Kilian qui essuyait à présent les lunettes sur son tee-shirt : quelqu'un a mis un poisson rouge dans le bénitier, branle-bas de combat pour retrouver l'hérétique ; Mme Michu a perdu son chapelet, caché par Mme Germain qui se venge parce qu'elle s'est assise deux fois sur sa chaise à la messe.

– Il paraît que c'est une paroisse « modèle », glissa Églantine.

Comme six yeux ronds hébétés étaient suspendus sur elle, elle se dédouana hâtivement :

– Ma grand-tante est une adepte.

D'un geste gauche, elle tâtonna sur la table pour trouver ses lunettes. On ne pouvait pas choisir sa famille. Elle-même avait dû entrer dans cette église, une fois, pour le baptême d'un cousin, mais puisqu'elle avait à l'époque 9 ans, elle n'était pas responsable de ses actes…

– Si on cherche bien, intervint Alessandro, le « modèle » n'est qu'une surface bien lisse qui cache des remous… Il y a toujours des squelettes dans les placards. Tu creuses un peu, cette paroisse c'est un guêpier.

– Si tu t'ennuies, tu n'as qu'à fouiller pour révéler les scandales, suggéra Kilian avec légèreté.

Dans sa bouche, le mot scandale semblait avoir le même sens que comédie.

– Bof, commenta le journaliste. Moisir dans une paroisse en écoutant leurs discours assommants en jargon-église, j'en baille déjà.

– Vas-y comme une enquête… perce leur langue de buis, fit observer Églantine. Quelqu'un a vu mes lunettes ?

– Non, fit Kilian. Elles ressemblent à quoi ?

Églantine le dévisagea et tendit sa main.

– Idiot. Donne-moi ça.

– 3 minutes 12 secondes.

– Hein ?

– Je te le fais pas dire, c'est pas un record, commenta Kilian en rendant les lunettes.

Alessandro réfléchissait.

– Sam, cette idée de reportage en paroisse pourrait être intéressante, fit-il remarquer. Tu n'as qu'à te la jouer à la Spotlight.

Samuel soupesa la suggestion quelques instants. Pourquoi pas… Depuis son enfance, il avait toujours rêvé d'être journaliste d'investigation, une sorte de mélange entre Sherlock Holmes et Albert Camus pour la plume… Voilà une bonne façon de mettre le pied à l'étrier.

– Au pire, fit observer Kilian désinvolte, qu'est-ce que tu risques ?

– De ne rien trouver.

– Tu sais ce qu'on dit : qui cherche trouve. Pousse-les dans leurs retranchements.

Samuel hocha la tête avec un sourire narquois.

– Ça pourrait semer un bazar chaotique dans leur grand programme d'évangélisation.

Ce reportage promettait d'être piquant, finalement.

II

– Bonjour, je cherche à joindre Luc Le Goff.

Il n'allait quand même pas dire « le père Luc Le Goff ».

– Lui-même.

– Bonjour, Père.

Zut, ça lui avait échappé. Les travers d'enfance ne vous lâchaient pas aussi facilement.

– Je suis Samuel Favre, je suis reporter pour le Caméscope. Nous voudrions faire un reportage sur vos projets de cette année. Peut-on prendre rendez-vous pour en parler ?

– Euh... oui. Vous voudriez procéder comment ? Nous avons ce soir la première réunion de *brainstorming* en EP.

– EP ?

– L'Équipe paroissiale.
– Puis-je y assister ?
Samuel sentit une légère hésitation chez son interlocuteur.
– Je suis le frère de Grégoire Favre, glissa-t-il finement.
– Ah… bien. Venez à 20 heures à l'accueil paroissial.
Samuel raccrocha en pouffant. Grégoire Favre ou « Sésame, ouvre-toi ». Un journaliste d'investigation pouvait se servir de tout.

À 20 heures, le curé l'attendait à l'accueil et le conduisit à la salle de réunion. Des tables en aggloméré beige, tachées de coup de feutres, des chaises au dossier broyeur de vertèbres, une moquette verdâtre, des baies vitrées jamais lavées et une odeur de renfermé qui venait des livres entassés dans une bibliothèque… C'était une caricature de salle paroissiale que Samuel aurait pu croquer de sa plume caustique. Autour des tables arrangées en rectangle, il y avait la chantre Clémence Perrot, Hervé et Monique Jacquemin, Jean-Baptiste Jouvin, un séminariste d'une trentaine d'années un rien dégingandé, la septuagénaire Michelle Meunier, femme taciturne et réfléchie, et Yvonne Duchesne, doyenne de la paroisse du haut de ses 94 ans, ce qui ne l'empêchait pas d'être la plus énergique, toutes générations confondues. Un retardataire arriva derrière eux au pas de course.

– Tiens, bonsoir Samuel.

– Salut, dit Sam de sa plus mauvaise volonté.

Il connaissait Charles de Boivin pour l'avoir vu chez son frère, et si ce n'était pas son ennemi, c'était son antagoniste, en tous points. Sam était allergique à ce genre d'individu bermuda-bateaux-col-relevé. Purement allergique. En général, ces gens-là avaient une tribu d'enfants blonds scouts, un minibus, une chevalière au doigt, des meubles d'héritage dans leur salon, un vocabulaire hermétique et une maison de famille en Bretagne. Mais pour lui, par-dessus tout, ils empestaient l'entre-soi.

Le père Luc Le Goff introduisit Sam à l'Équipe :

– Je vous présente Samuel Favre, il est journaliste pour le Caméscope et veut écrire un papier sur nos projets d'évangélisation. Il sera avec nous pour cette réunion.

– Bienvenue ! lui souhaita Yvonne d'une voix chaleureuse.

On pria d'abord, avec un chant que Sam trouva ringard. Puis on ouvrit la « boîte à suggestions » qui avait été mise au fond de l'église pour recueillir les idées en vrac. Quelques paroissiens s'étaient prêtés au jeu, il y avait une dizaine de papiers. Luc les lut à voix haute, tandis que Sam observait les réactions plus ou moins perceptibles. Parmi les propositions : accueillir des réfugiés ; faire de l'église un dortoir pour les SDF en hiver – idée qui crispa Clémence Perrot et Jean-Baptiste mais enthousiasma les Jacquemin. D'ailleurs, le curé crut reconnaître leur écriture – ; fonder une équipe de foot catholique – fronçant les sourcils, Yvonne eut l'air de se demander comment cela fonctionnait, si le ballon devait être acheté à Lourdes ou les maillots confectionnés à partir de reliques de second degré – ; faire une mission à Noël avec des prédicateurs charismatiques et repos dans l'Esprit général – cette fois, Jean-Baptiste approuva mais pas les Jacquemin qui se sentirent menacés d'un coup de massue divin – ou encore réaliser des vidéos pêchues sur les réseaux sociaux avec les jeunes de la paroisse. D'autres suggestions étaient plus cabalistiques, comme acheter du vin de messe Demeter sans sulfites ou faire une bénédiction des animaux de compagnie le jour de l'Évangile de la Syro-phénicienne.

Sam fit alors sa première intervention de la soirée :

– J'ignorais qu'un Évangile avait été écrit par une femme, c'est une bonne nouvelle.

Charles lui expliqua affablement que la Syrophénicienne était un personnage biblique et non pas une évangéliste.

– Ah.

C'eût été étonnant.

– C'est un modèle de foi, ajouta Charles. Elle demande à Jésus de sauver sa fille, il l'envoie promener, elle insiste en lui parlant des petits chiens qui mangent les miettes sous la table des maîtres.

– Bon à savoir, fit Samuel.

Il avait toujours trouvé les cours de catéchèse barbants. Luc se racla la gorge avant de livrer sa synthèse :

– Il est clair que les suggestions montrent chez les paroissiens une volonté d'ouvrir les portes de l'église, de s'engager dans le social. C'est encourageant.

– Comme le dit le pape François, renchérit Charles, il faut évangéliser d'abord par les actes, et si besoin par les paroles.

Sortant de son écoute mutique, Michelle Meunier intervint :

– Huit réponses, c'est peu, fit-elle observer méthodiquement, ce n'est pas plus de 2 % des paroissiens.

Luc Le Goff se méfiait des chiffres – l'Évangile ne se calculait pas –, mais Michelle était l'économe, aussi son avis n'était-il pas à négliger. En outre, elle intervenait la plupart du temps à bon escient, car contrairement à d'autres, elle prenait le temps de réfléchir avant de parler. Michelle était un modèle de mesure dans sa vie, à l'exception de sa conduite : quand elle montait en voiture, elle devenait comme par enchantement une autre personne, se mettant à foncer très au-delà des limitations sur les petites routes de village et à klaxonner comme une enragée dans les ralentissements. Son mari priait pour qu'elle n'ait jamais de char d'assaut à sa disposition.

– Oui, admit le curé, on pourrait convoquer une assemblée pour en parler et débattre le plus largement possible. J'y songe depuis un moment.

– Ça se passerait où ? questionna Yvonne. S'il y a des centaines de personnes, on ne tiendra pas dans cette salle.

Samuel se devait de rester neutre, c'est pourquoi il se retint d'exploser de rire. Des centaines… mais bien sûr.

– On pourrait le faire dans l'église, proposa le curé.

On passa à l'ordre du jour de l'EP, dans un jargon auquel Samuel ne comprit goutte : CPP, *in persona Christi capitis*, CPAE, feuille-ensemble,

SDPMV, visitations inter-clochers… Il demanda plusieurs fois la traduction, avant de s'enquérir :

– Est-ce que Rome publie un dictionnaire officiel avec les définitions ?

– Ce serait difficile, répondit le père Luc : le vocabulaire est souvent propre à chaque paroisse.

C'était plus hermétique qu'un conclave et si rébarbatif qu'il ne pouvait pas s'agir de noms de code pour des trafics illégaux. Dommage, car Samuel cherchait le scandale. Il en avait d'ailleurs parlé à son rédacteur en chef Stéphane, qui avait tiré une moue dubitative.

– Bizarre cette ligne éditoriale… tu pars bille en tête chercher de la débauche dans ce nid à bigots coincés. Et si tu ne trouves rien ?

– Ils ont un projet qui concernera la ville, c'est au-delà de leur petite église. Quoi qu'il en soit, il faudra en parler.

– Bon. Pourquoi pas. Ne perds pas trop de temps non plus. Ou tu peux axer sur les problèmes personnels du curé, il doit forcément galérer dans ce système.

Stéphane était plutôt remonté contre l'Église, particulièrement contre le célibat des prêtres, source de tous les maux, des guerres saintes, de la pénurie de curés comme des abus sexuels.

– OK, s'inclina Samuel.

– Attends, Sam. Tu sais qu'un jour un de mes amis a failli prendre en flagrant délit un curé avec une femme et un enfant cachés.

– Failli ?

– Il a vu une femme l'enlacer sur le parking de l'église, malgré le col romain et tout. Elle avait une petite fille qui a pris le curé par la main.

– Et finalement ?

– Finalement, c'étaient sa sœur et sa nièce.

– Lol. Palpitante ton histoire. Pourquoi tu me racontes ça ?

– Pour t'avertir de ne pas t'emballer trop vite et de ne pas tirer des conclusions hâtives. On est là pour informer, pas pour romancer.

– Merci pour ta sagesse, Stéph.

Au terme de la réunion qui lui sembla sans fin, Samuel était assommé de concepts poussiéreux. Il songeait qu'il n'y avait aucun risque que la propagande de Jésus se répandît comme une traînée de poudre aussi longtemps que l'on se bornerait à ce genre de discussion administrativo-pastoralo-liturgico-soporifique.

Le père Luc raccompagna le reporter jusqu'à la sortie.

– Pour quand votre article est-il prévu ?

– Pas tout de suite. Je vais vous suivre un moment, j'attends de voir quelques résultats de votre projet.

Le curé hocha la tête avec un sourire.

– Je préfère ne pas parler en termes de résultats, l'évangélisation n'est pas un programme d'entreprise à appliquer. Je n'ai aucun objectif de chiffres et je n'ai pas d'actions sur le nombre de baptêmes, je tiens à le préciser.

– Mais vous comptez bien obtenir quelque chose ?

– Nous souhaitons que l'Évangile touche le plus grand nombre de personnes, comme les premiers chrétiens le souhaitaient. C'est la mission de l'Église, *Allez et de toutes les nations faites des disciples*. L'annonce est notre responsabilité, mais le résultat ne dépend pas de nous. C'est l'histoire de Dieu avec chaque cœur humain.

Sam opina civilement du chef.

– Je vous propose, invita le curé, de venir à la messe dimanche, pour sentir l'atmosphère de notre paroisse et dans quel cadre se dérouleront nos initiatives.

Day 1. Après ce premier contact, Samuel n'était pas beaucoup plus avancé dans son enquête. Il avait oublié son stylo fétiche dans la salle de réunion. Mais il savait en revanche que pour les chrétiens, on pouvait convaincre Jésus en parlant des petits chiens et des miettes.

Dimanche, à la fin de la messe, le curé convia tous les paroissiens, leurs proches et leurs lointains, leurs collègues, leurs amis et leurs ennemis, à des assises solennelles pour échanger sur le Grand projet. Samuel écouta avec intérêt, observant les visages alentour. Il s'était posté sur une chaise de travée, d'où il pouvait dévisager les fidèles assis dans la nef centrale. Il faisait ses constatations : il n'y avait guère de jeunes, mis à part les parents trentenaires ou de rares adolescents qui, renfrognés ou dissipés, donnaient l'air d'être forcés à participer. Il y avait en revanche une majorité de têtes blanches – ou teintes. Certains étaient attentifs, d'autres consultaient leur montre, d'aucuns étaient distraits, un ou deux n'entendaient rien parce que leur appareil auditif était mal réglé. On ne pouvait pas lire de la passion sur les physionomies, mais malgré tout, une partie de l'assemblée paraissait concernée par l'annonce du curé.

Quant à la messe à laquelle Samuel venait d'assister, il avait trouvé les chants d'une ringardise inégalée – c'était le dimanche où Chantal faisait chanter. Mis à part le rituel oscillant entre

« debout-assis », il y avait eu aussi la position « agenouillés-mais-pas-tous-en-même-temps » : une partie de l'assemblée avait commencé, puis d'autres avaient suivi, et de même pour se relever, il y avait un décalage entre les fidèles… allez comprendre quelque chose à cette chorégraphie.

Il y eut un épisode saugrenu : en plein milieu de la célébration, dans la minute de silence après l'homélie, une petite femme d'une soixantaine d'années remonta toute l'allée centrale en tirant une valise à roulettes, pour aller s'asseoir au premier rang, sous les sourcils froncés réprobateurs des habitués. Samuel avait aussi ri sous cape au moment où tous se serraient la main dans un échange de paix, en remarquant l'air désopilant d'une petite dame visiblement effrayée d'être abordée par son voisin qui avait toussé plusieurs fois. Après cette possible contamination, elle sortit un gel antibactérien dont elle s'oignit méticuleusement les mains.

Au terme de la procession finale, le père Luc se tenait devant les portes, au fond de l'église, car sur le parvis il pleuvait à torrent. Il saluait les paroissiens qui sortaient, serrant les mains de-ci, de-là, échangeant des « Bon dimanche » enjoués que Samuel prenait pour le soulagement que la messe fût terminée. Bon dimanche, on allait enfin pouvoir s'attabler devant la poule au pot.

Le reporter s'en vint saluer à son tour le curé en l'interrogeant :

– Vous n'avez pas de problème de chauffage l'hiver ? Ce doit être un gouffre financier.

Le thème de l'argent, c'était une façon de dénicher les problèmes concrets.

– Ne m'en parlez pas, répliqua le père Luc. L'entretien de l'église d'avant 1905, du presbytère de 1953 construit en zone humide, des salles paroissiales de 1971 sans isolation, tout ça est un vrai casse-tête. Venez, je vais vous présenter ma meilleure collaboratrice : elle est presque invisible, mais elle s'occupe de tout dans l'église.

Dans sa chasuble qui frôlait les bancs, il le conduisit jusqu'à la chapelle latérale où trônait la statue de sainte Thérèse de Lisieux. Une petite grand-mère voûtée, discrète, était en train d'y remettre les chaises en place et d'y ramasser les feuilles de chant oubliées.

– Comment allez-vous, Ghislaine ?

La petite dame redressa la tête. Elle avait des yeux bleus respirant l'innocence enfantine.

– Bien, bien, Monsieur le curé.

– Je vous présente Samuel, un journaliste qui va faire un reportage sur notre chantier d'évangélisation.

– Vous travaillez pour la télévision ? demanda Ghislaine d'un air fort respectueux.

Les journalistes TV étaient une caste à part.

– Non, pour le Caméscope. Il paraît que le bon ordre de l'église repose sur vos épaules ?

– Hoho, se rit la vieille dame. Je ne fais que de toutes petites choses.

– Il n'y a pas de petites choses, Ghislaine, tout est utile dans une paroisse, même ce qui ne se voit pas, assura le curé.

Près de l'autel, un homme d'environ 45 ans, du nom d'Hubert Paget, rangeait consciencieusement, refermant le lectionnaire, éteignant les cierges, repliant le linge d'autel. Coordinateur des enfants de chœur, il aimait que les choses soient bien faites, mais au contraire de Ghislaine, il fallait de préférence que sa participation se fasse sur le devant de la scène.

Une femme sexagénaire rappliqua d'un pas pressé dans la chapelle de sainte Thérèse :

– Mon père, je vous cherchais.

– Bonjour, Diane. Samuel, Diane Moretti est la responsable de la catéchèse.

Le journaliste en fit mentalement le portrait pour s'en souvenir, en quelques traits caricaturaux :

un menton carré, des sourcils arqués, des pommettes saillantes, un regard décidé, des gestes catégoriques, c'était certainement une personne autoritaire, qui aimait les règles, comme tous les experts en instruments de torture, ainsi que l'avaient été les cours de catéchèse de son enfance.

– Bonjour, lui dit-elle.

– Samuel est journaliste, il fait un reportage sur notre projet.

– Ah. Nous lançons aussi un nouveau parcours de catéchèse. Mais ne me citez pas dans votre article, je ne voudrais pas que mes paroles soient déformées ou tronquées, cela arrive trop souvent dans les médias.

Que Diane Moretti n'ait crainte, il n'avait aucune intention de recopier ses citations sur la catéchèse. Il s'agissait d'attirer les lecteurs.

– Bonjour, mon Père, vous savez que la limousine est une voiture, mais aussi une race de vache, et une race de mouton ?

– Pour le mouton, j'avoue que je ne savais pas. Tenez, Samuel, je vous présente Christophe Soulier.

– Samuel possède l'une des plus belles collections de voitures du monde, récita Christophe.

– Ce doit être un autre, signala Sam.

Cette assimilation était un comble pour le reporter, activiste anti-voiture qui ne se déplaçait qu'à vélo ou en transports en commun.

– Samuel Eto'o, précisa son interlocuteur.

– Voilà. Je me disais aussi…

Parmi les quelques paroissiens qui s'étaient attardés en petits groupes, passa un vieil homme aux cheveux blancs et à l'embonpoint certain, saluant les uns et les autres d'un air paternel, les mains dans le dos. Il était habillé d'une veste informe et rapiécée.

– Voici Claude, vicaire dans la paroisse depuis trente ans, indiqua le père Luc.

Il ne pouvait en dire beaucoup plus, Claude Bouvet et lui s'entendaient de façon civile, surtout lorsqu'ils ne se croisaient pas. Pour le reste, ils étaient opposés à peu près sur tous les sujets, de liturgie comme de théologie, de pastorale ou d'art. Cela se reflétait dans leurs choix vestimentaires : clergyman versus bleu de travail.

– Vous avez vu notre stand au fond de l'église ? enchaîna Luc.

À la lueur de deux halogènes, Samuel distingua une longue table recouverte d'images pieuses, de livrets de spiritualité et de bougies à vendre. Le curé lui introduisit la vendeuse Josette, qui était si affairée en cherchant la monnaie et en notant les recettes sur le carnet de compte qu'elle les snoba. Josette était une originale, femme naïve qui n'avait jamais travaillé et qui s'habillait de vêtements du Secours populaire bigarrés et surtout dépareillés, et se couvrait de bijoux en toc. D'un âge largement plus près de la fin de sa vie que du début, elle avait le visage et les mains osseux.

– Une minute, prévint Luc.

Il avait reconnu un couple entre deux âges, avec lequel il fit quelques pas, s'entretenant brièvement à voix basse avant de conclure :

– *Dasvidania.*

– Vous parlez le russe ? lui demanda Sam.

Luc se montra modeste :

– Un peu… pas assez pour lire du Dostoïevski dans le texte. Je vous quitte, bon dimanche, et venez aux assises en octobre !

Samuel n'était pas encore sorti quand deux de ses neveux l'assaillirent en faisant irruption de la sacristie après avoir ôté leur aube de servants d'autel.

– Oncle Sam ! Tu es catholique ? s'étonna Adrien.

– Non.

– Alors pourquoi t'es à la messe ? interrogea Sylvain, cartésien du haut de ses 7 ans.

– Je fais un reportage pour mon journal.

– Wouah. Il y aura des photos de nous ?

– Moi je suis le plus grand des enfants de chœur en taille, fit valoir triomphalement Adrien.

Leur père Grégoire apparut sur ces entrefaites :

– Toi ici ? Tu t'es égaré ? lança-t-il à son frère.

– C'est comme ça que tu accueilles les gens dans ton église ? Il y a des choses à revoir pour l'évangélisation.

– Comment vois-tu l'accueil dans une église, toi l'expert ? rétorqua Grégoire.

– Avec un ton doucereux et une mine sulpicienne.

– Tu-tu-tu… n'importe quoi. Pas d'évangélisation sans humour. Alors, tu vas le faire, ce reportage ?

– J'y réfléchis. Vous avez prévu de changer vos chants ?

– Pourquoi ?

– J'ai regardé votre carnet pendant la messe. Si tu crois que vous allez attirer le monde contemporain avec des trucs aussi niais que la petite annonce pour recruter des agriculteurs…

– Hein ?

– C'est quoi déjà… *un champ à moissonner, une vigne à vendanger*… ou encore celui qui parle des *énergies nouvelles*… c'est Greenpeace qui a fait les paroles ou quoi ? Et puis *Jubilez, criez de joie*, ça fait peur... vous criez de joie en le chantant ?

– Dis donc, il en faut peu pour t'effrayer. Et si je te disais que je suis heureux d'être croyant au point de vraiment jubiler parfois ? Quand toute l'assemblée chante avec de la joie sur les visages, quand on tape des mains... tous ces chants ont eu leur moment de grâce.

– Même celui du style *Dieu qui chante et qui fait chanter la vie* ?... On dirait la Petite Sirène... C'est comme ça que vous rendez gloire au Tout-Puissant et Maître de tout, Créateur de l'univers et de la magnificence ?

– Attention les enfants, avertit Grégoire, votre oncle est devenu un zélote.

– C'est quoi un zélote ? interrogea Sylvain.

– Un fanatique.

– Smart, fit Sam.

Day 2. Samuel avait découvert davantage le petit monde fourmillant de Saint-Hugues. Il résumait sa matinée en une question : duquel viendrait le scandale ? Il y avait toujours un scandale. Partout où il y avait la race humaine, il y avait désordre et coups bas.

III

La doyenne Yvonne, qui attendait plusieurs centaines de personnes, constata qu'au final moins d'une quarantaine se joignirent aux assises, un après-midi de samedi octobral. Qui plus est, malgré les larges appels, malgré les annonces au caté, chez les commerçants, à la Mairie, aucun inconnu n'était présent, seuls les habitués s'étaient déplacés. L'éternel « petit reste » dont on parlait déjà si longtemps avant Jésus-Christ, soupira le père Luc *in petto*. Il tint malgré tout à son idée de se réunir dans l'église même, afin que Dieu assistât aux débats. On s'installa sur les bancs, quelques-uns en profitant pour rester tout au fond, comme ils le faisaient probablement à l'école jadis. Le curé introduisit la rencontre, invitant chacun à s'exprimer librement en faisant part de son « grand rêve » pour la paroisse « idéale ». Aucun tabou, le mot d'ordre était la liberté d'expression. On peut dire que le père Luc fut servi : il y eut de la liberté d'expression. Sa secrétaire, Marlène, prit des notes télégraphiques.

Josette appela de ses vœux une refonte totale de la liturgie avec des messes « rapides », où l'on pourrait rester assis du début à la fin.

Ulcéré, Hubert souhaita en réaction des liturgies soignées, une chorale de grégorien et des messes en latin régulières.

Yvonne demanda que l'on célébrât des messes commentées et explicitées.

Christophe Soulier quant à lui rêvait d'un Salon de l'automobile dans la nef.

Les Trois Maria voulaient faire venir des voyants pour témoigner et pour qu'il y ait une apparition dans l'église. L'une d'entre elles signala qu'il fallait que les gens se vêtissent « mieux » pour entrer dans l'église, surtout pour les messes du dimanche, on ne pouvait pas mettre les mêmes habits que les autres jours de la semaine.

Clémence Perrot fit part de son désir de refaire la déco de l'église, imaginant une iconostase byzantine, des rangées de lumignons et des voilages aux couleurs chaudes favorisant une atmosphère de recueillement, des tapis devant les marches de l'autel pour les enfants… un Taizé II.

Colombe abonda dans son sens et appuya sur l'importance de beaux chants porteurs de sens, des chants qui « transportent ». Ambitieuse, elle cita des chants comme le Miserere d'Allegri durant lesquels le Ciel s'entrouvrait.

Hervé et Monique réclamèrent que les prêtres se marient, que les divorcés-remariés puissent communier et que l'on ordonnât des femmes, bref que l'Église entre enfin dans la modernité – là, Luc fit remarquer qu'il fallait adresser leur pétition au Vatican, cela dépassait le simple cadre de la paroisse.

Depuis son coin favori près d'un pilier, Samuel écoutait.

On parla ensuite d'initiatives pour toucher les citadins au-delà du cercle paroissial. Il faut offrir des services, disaient certains, répondre à des besoins, proposer par exemple un service de garde d'enfants le soir, ce à quoi on rétorqua que, par les temps qui couraient, il valait mieux faire profil bas au sujet des enfants. Cette remarque provoqua une levée de boucliers, car on ne pouvait jeter le discrédit sur tous pour le simple fait que certains étaient des criminels.

Il fallait des groupes de partage, des initiatives artistiques ou culturelles, des concerts, des journées festives, plus d'implication des laïcs dans tous les domaines, plus de jeunesse, plus de louange. Il fallait transformer la salle de réunion en salle d'accueil pour tous. Mais pour cela, il faudrait enlever la grande croix accrochée au mur, fit observer Hervé, car c'était un signe identitaire qui pouvait choquer les personnes éloignées de l'Église. Au contraire, argua Clémence, il fallait agir avec son identité, et l'afficher, pour ne pas devenir un remake des Restos du Cœur. D'autres renchérirent : on n'allait pas attirer avec Jésus ; bien sûr que si, on allait attirer avec Jésus et une église toujours ouverte qui proposerait l'adoration perpétuelle ; non, on ne pouvait pas se contenter du chapelet, il fallait une implication sociale. Marthe et Marie s'opposèrent, comme à leur habitude. Pas de Marthe sans Marie et vice-versa, rappela une voix. On n'avançait pas.

Un refrain revenait, que Samuel remarquait : les paroissiens exprimaient une attente de fraternité et d'unité, que les affrontements virulents des sensibilités diverses semblaient contredire. Amour et accueil bienveillant étaient sur toutes les lèvres, mais pas vraiment dans les cœurs. Il avait affaire à des croyants non pratiquants.

Dans l'ensemble, on sentait une frilosité certaine : on pouvait brasser des idées, on aimait émettre des hypothèses, lancer quelques discours… quant à passer à l'action, c'était une autre affaire. La palme de la prudence revint à Bernard Meunier, époux de l'économe Michelle, qui réagit de son ton mesuré à la suggestion d'organiser un repas hebdomadaire pour les plus pauvres. Une entreprise vouée à l'échec, expliqua-t-il tranquillement : ce ne seraient pas les plus pauvres et les plus marginalisés qui viendraient, mais des assistés qui chercheraient leur intérêt. Et que faire lorsqu'il y aurait des demandes de menus spéciaux, les végétariens, les végétaliens, les flexitariens, les crudivores, les sans-gluten, les sans-porc, les sans-laitage… Ce serait un casse-tête à l'organisation insoluble et aux dépenses inconsidérées.

Bzzz bzzz. Vibreur qui annonçait un SMS de son boss : « Bon, Sam, t'as rien d'intéressant ? Laisse tomber les papolâtres, je te mets sur la fin des vendanges. Va interviewer des saisonniers pour dénoncer leurs conditions de travail. » Deuxième texto : « PS. T'as oublié ton enregistreur dans mon bureau 🙄. Et qu'est-ce qu'il fait dans mon bureau d'ailleurs ? »

Samuel ne resta même pas jusqu'à la fin de la grande rencontre, qui accoucha de questions et de frustrations. Durant deux mois, il fut fort occupé : sorties littéraires, sorties cinéma, passage à l'heure d'hiver, premières d'opéra, Halloween, Toussaint, l'automne était un temps d'effervescence culturelle. Il n'en abandonna pas pour autant son enquête : il vint régulièrement à l'église, se tint à l'affût des nouvelles, renseigné par son frère, par le curé et par les conversations qu'il entendait là où ses oreilles traînaient, aux réunions, à la fin des messes, ou encore aux préparations de caté et des sacrements. Il faisait un travail de fond, qui le laissait sceptique. C'est ainsi que ses amis le trouvèrent, mi-décembre. Par un temps morne et gris, ils vinrent chez lui pour siroter leur jus détox gingembre-curcuma en bonne compagnie.

Au-dehors, les arbres étaient dénudés, tout comme l'appartement de Sam qui, en plus du véganisme, s'était adonné au minimalisme.

Alessandro ôta ses bottes sur le perron avant d'entrer en chaussettes sur le parquet.

– Brrr… pas très chauffé chez toi.

– Et la planète ? rétorqua Sam. Mets un pull.

– T'as pas sorti ta crèche de Noël ? railla Kilian en notant quelques décorations de saison, branche de sapin, pommes de pin, houx cueilli en forêt, qui ornaient une étagère.

Il ricanait en partie pour que personne ne devinât que lui-même faisait sa crèche chaque année, avec des santons que sa grand-mère lui avait offerts vingt-cinq ans plus tôt. Une tradition familiale émouvante que personne n'aurait comprise, se persuadait-il intérieurement.

Églantine s'assit sur le sofa en tissu.

– Alors, ton reportage sur la paroisse, ça a donné quoi ?

– Bof, rien.

Samuel remplit généreusement les verres, sur la petite table du salon autour de laquelle chacun avait pris place.

– Rien de rien ?

Il secoua la tête en tirant une mine dépitée.

– Que veux-tu que je te dise ? Ils sont gentils.

– Gentils ? C'est les Bisounours ? fit Alessandro.

– La plupart sont sympas. Ils sont attachés à leur paroisse, ils ont de la bonne volonté à revendre et ils croient dans leur message, il faut le reconnaître. Et puis ils sont capables de subir des réunions, de donner leur temps…

– T'as changé de discours, fit observer Killian.

Samuel eut un léger sourire d'autodérision. Trois jours plus tôt, il avait croisé Diane Moretti au marché. Il avait tenté de fuir avant qu'elle ne l'aperçût, mais…

– Monsieur Favre ?

Mince, trop tard. La responsable caté s'était dressée devant lui, cabas sous le bras, l'air invincible.

– Bonjour, Madame.

– Vous êtes bien matinal…

Le jour n'était pas encore levé sur la place où s'affairaient les vendeurs installant leur marchandise.

– Je vous retourne le compliment, répondit Samuel.

Elle enchaîna avec sévérité :

– J'ai lu votre reportage sur les prisonniers qui suivent des cours par correspondance.

Quelle chance, une lectrice donneuse de leçons. Il attendait le verdict.

– Vous auriez pu moins insister sur les difficultés, ça pourrait en décourager…

La critique commençait fort bien.

– Mais je l'ai lu de A à Z sans m'arrêter. Votre écriture est remarquable, je ne lis jamais que les articles en diagonale d'habitude, pas besoin d'en lire plus, on comprend tout de suite à quoi on a affaire. Mais pas vous. Vous êtes doué, Monsieur Favre, et je m'y connais : j'étais institutrice, je repérais les talents dès la maternelle.

Il eut un instant de bug interne.

– Euh… merci.

– Du coup, j'ai changé d'avis, je vous accorderai volontiers une interview sur la catéchèse… Allez, je vous laisse à vos courses et je m'en retourne aux miennes. Bonne journée !

Lorsqu'elle le dépassa, le respect de Sam s'accrut devant son cabas qui contenait des sachets en tissus et des bocaux pour les achats sans emballages.

Christophe Soulier aussi était touchant, malgré son endurance à lui mettre sous le nez les photos de la collection automobile de son homonyme camerounais. Ghislaine était la petite vieille la plus adorable qu'il ait jamais rencontrée. Pleine de tendresse – une fois il l'avait entendue parler gentiment à une chaise paillée –, elle accomplissait toutes ses petites tâches dans l'église avec une bonne humeur paisible. Un de ses personnages préférés était la secrétaire Marlène, 53 ans, cheveux châtains longs, veste en cuir à l'odeur de tabac, voix de routarde fumeuse. Elle détonnait par rapport à l'idée qu'il s'était faite des cathos. Elle lui avait envoyé ses notes des assises, accompagnées d'un mail qui commençait par « *Salam 'alaykoum* » et se concluait par « *Yevarechecha HaShem* ». Elle ajoutait des émoticônes de bière aux messages de convocation des réunions, décorait son bureau d'une figurine de Jedi… Si moule il y avait dans cette paroisse – et il en doutait de plus en plus –, Marlène n'était pas dedans.

– Ouais, admit Samuel devant ses trois amis, ils sont marrants, on leur pardonnerait leurs croyances d'un autre âge… Mais du point de vue de mon soi-disant reportage, ils restent ennuyeux à mourir, comme je le prédisais. Leur programme d'évangélisation stagne. Après des débats indignes d'être rapportés, le curé a décidé de fonder des « petites communautés », des sortes de groupes qui se voient une fois par semaine : une fois sur deux pour lire l'Évangile du dimanche, la fois suivante en sortie, un groupe à l'hôpital, un autre auprès des SDF, un autre au service de je-ne-sais-quoi. Ce n'était pas une trop mauvaise initiative. Le hic, c'est que même ça, qui n'est pas très exigeant comparativement aux visées immenses du départ, n'a pas vraiment démarré. Il y a très peu de participants et ils n'arrivent pas à se mettre d'accord.

– Oui, ben on s'en fiche, c'est leur cuisine interne, estima Kilian. Et côté scandale ? T'as des pistes ?

– La seule chose qui sera à noter dans les annales de ce projet avorté : l'organiste a piqué une crise de Diva pour s'opposer à un concert d'un artiste avec *son* orgue. Il refusait de donner ses clés, figurez-vous. Il ne savait pas que le curé avait le double du trousseau, et quand il l'a appris, il a pété une durite, du genre « vous êtes tous des Judas, j'ai été trahi, livré à l'impie » et « il vaut mieux brûler cet orgue plutôt qu'il tombe entre de telles mains parjures ».

Kilian siffla – manie d'arbitre.

– Haut en couleur. Enfin, c'est gentillet à côté des oukases de ma boss Miranda Priestly.

– Hein ? s'étonna Églantine avec ingénuité. Elle a le même nom que la patronne dans *Le Diable s'habille en Prada* ?

Il pouffa de rire.

– Ouais, elle a servi de modèle pour le personnage.

– Tu abandonnes le reportage, du coup ? relança Alessandro en se tournant vers Sam.

– Je ne sais pas, je n'ai pas encore trouvé mon angle… Je ne peux pas titrer sur le fait que des petits groupes se réunissent poussivement pour lire la Bible ou qu'un type a poussé une gueulante dans une sacristie, faut quand même aller plus loin.

– Attends j'ai un titre, s'écria Kilian : Rififi dans la paroisse.
– Lol.
– Tempête dans le bénitier, suggéra Alessandro.
– Tache sur l'aube, renchérit Églantine.
– Ça va les gars, j'y ai songé. J'avais aussi « Un Missel trop parfait » ou « La cloche de la honte ». Le titre, c'est facile. Le problème c'est le contenu.
– Et les paroissiens de Saint-Hugues, sont-ils aussi comme-il-faut qu'ils le prétendent ? questionna Églantine d'un ton mielleux. Ma grand-tante ne perd pas une seule occasion d'énumérer toutes ses œuvres de charité pour son prochain.
– Les cathos de Saint-Hugues connaissent la générosité, y compris la générosité cachée, tempéra Samuel. Mais je peux vous dire que là-dedans, c'est l'humanité, ni plus ni moins.

En outre, aux yeux de Samuel, il restait des relents de cléricalisme. Malgré la bonne volonté du père Luc, les laïcs avaient du mal à se sentir engagés, à agir sans l'aval du curé, ils attendaient pour chaque détail une permission, une bénédiction. Chez certains paroissiens, sa personne était révérée avec emphase, sa parole était sacralisée, ses décisions étaient indiscutées. Ces fidèles le traitaient avec tous les égards, le col romain ayant pris toute la place symbolique dans leur imaginaire. Si le curé n'était pas déifié, il était du moins angélisé, même si ce n'était pas toujours conscient. Ni un frère, ni un père, il devenait caricaturalement une sorte de garant d'un ordre transcendant impérieux qui dédouanait de responsabilité directe. Il parlait, on s'inclinait.

Quant à l'ambiance... Dans les coulisses de la pastorale régnait une médisance que le journaliste s'amusait à attiser par des hameçons bien placés. Il n'y avait pas à trouver mille subtilités, il suffisait de poser des questions ingénues pour faire couler le fiel des critiques. Une telle était trop illuminée, une autre chantait faux et fort, celle-ci prenait toute la place, celui-là se donnait des airs, ce groupe avait une théologie déviante dangereuse, et les sempiternels retardataires à la messe c'était une honte, et ce couple qui laissait ses enfants s'agiter dans les allées... Il y avait des insinuations, des chuchotements, des clans formés au gré des affinités qui s'unissaient si naturellement dans les commérages, des oppositions ouvertes ou souterraines, qui parasitaient les relations et les projets.

Il y avait des personnes au grand cœur, évidemment, il y avait des gestes, de la solidarité, des prières ferventes, des amitiés, certes, mais... de la frilosité aussi. Au fond, de la même façon qu'on avait regardé avec désapprobation la petite dame remonter l'allée en tirant sa valise, on n'appréciait guère d'être dérangé.

Le journaliste cherchait le scandale, la fille cachée du curé, l'histoire d'Ève et du Serpent en version remastérisée ; mais le seul scandale qu'il décelait, c'était la médiocrité.

Noël approchait. Un soir, rentrant du bureau à vélo par un froid de gueux, il aperçut une silhouette donner le dernier tour de clé à la porte de l'église, dans la nuit. Il freina.

– Salut, Luc !

– Salut, Sam. Ça va ?

– Glacialement.

Finalement, Samuel appréciait le curé au point d'oublier son col romain. Avec le temps, ils étaient devenus à tu et à toi. Ils passaient des soirées ensemble à résoudre des casse-tête – Luc avait une étagère de coffrets offerts par les paroissiens qui s'étaient donné le mot aussitôt que l'un d'eux eut découvert son intérêt pour ces jeux – entrecoupés de discussions sur des sujets variés, absolument tout excepté la religion.

– T'as du temps, là ? J'avais envie d'aller voir le dernier Spielberg, ça te dirait ?

– Pourquoi pas.

Ce fut effectivement un film de Spielberg comme on pouvait s'y attendre.

– C'est du cinéma à grosses ficelles pour succès commercial garanti, mais ça détend, analysa Samuel à la sortie, dans le hall où déferlaient les spectateurs qui avaient pris un océan d'effets spéciaux dans les yeux et dans les oreilles.

– Moi ça me va, avoua Luc. Le soir je préfère ça plutôt que de me prendre la tête avec un Malick.

– Ouais, enfin la plupart du temps tu es en réunion avec les dames caté, tellement plus fun… Bon, Joyeux Noël, si on ne se revoit pas d'ici là. Vous avez des projets pour les fêtes à Saint-Hugues ?

Luc se massa les yeux avec lassitude.

– On a mis des affichettes dans tous les commerces pour inviter aux messes de Noël.

– Vraiment ?

– Les commerçants ont été plutôt accueillants, sauf le buraliste qui s'y est opposé en disant qu'il perdrait des habitués.

– Mmm, fit Sam.

Luc lui adressa un regard franc… et fatigué.

– Sincèrement, que penses-tu de tout ça, Sam ? C'est possible de renouveler une paroisse pour qu'elle devienne un lieu attirant ?

Samuel réfléchit quelques instants.

– Si je sors de ma réserve professionnelle, je dirais que le terme « paroisse » en lui-même est super-ennuyeux.

Luc soupira.

– Je comprends. C'est le modèle qui s'est incrusté dans les représentations depuis des décennies : une sorte de patronage pour retraités. Ça ne fait pas envie.

– D'où t'est venue l'idée de changer les choses ? interrogea le journaliste.

– Quand le pape François a été élu… j'ai reçu un électrochoc. Dès ses premières homélies, il a commencé à appeler l'Église à être « en sortie », à aller « dans les périphéries », à se risquer, à oser, à avoir de l'audace, quitte à se blesser sur le chemin. Mieux vaut une Église blessée qu'une Église malade d'enfermement, répétait-il. À force de l'entendre, j'ai fini par l'écouter… Un jour, devant les prêtres de son diocèse, il a relu la parabole du berger aux 100 brebis qui laisse tout le troupeau de 99 pour aller chercher la brebis perdue.

– Ça me dit quelque chose, rigola Sam. Tout le monde la connaît.

– Sauf que là, il faisait un renversement total : il soulignait qu'étant donnée la situation actuelle, le berger n'avait pas 99 brebis dans son troupeau, mais une seule, et que les 99 autres s'étaient égarées. C'est si vrai... Tu vois, les paroisses actuelles, elles brossent gentiment la brebis qui est restée dans la sacristie, au lieu d'aller chercher les 99. Ce discours m'a réveillé, en quelque sorte. Je n'ai pas choisi de devenir prêtre pour peigner une brebis, sinon je serais devenu coiffeur. Le pape appelle à être un curé des rues, à connaître les quartiers, à connaître les familles, les noms des enfants et même celui du chien. Il dit que s'il était nommé en paroisse, la première chose qu'il ferait serait de sortir dans les rues et de saluer les gens. J'ai envie de ce changement de perspective pour la paroisse : ne pas « faire clocher » comme une petite troupe de résistants qui espèrent que d'autres viendront s'adjoindre à eux par miracle, mais aller rejoindre la vraie vie du quartier.

Les lumières du petit cinéma s'éteignirent, ne laissant que les faibles lueurs des sorties de secours et l'ombre d'un employé qui avertissait :

– Messieurs, nous fermons.

Un autre fit irruption de la salle en s'adressant à son collègue :

– Quelqu'un a oublié une écharpe sur un siège.

– C'est la mienne, reconnut Sam.

Cette discussion avait aiguisé la curiosité de Samuel. De retour chez lui, malgré l'heure tardive, il s'installa devant son ordi pour visionner des vidéos du pape François. Ça contrastait avec Spielberg. Mais il fallait le reconnaître, le pape avait du style. C'était un pro de la communication-choc et des paroles sans concession : face de piment au vinaigre, chrétien canapé, familles lapins, chrétien perroquet, rigides, têtes d'images pieuses, chrétiens mondains, hypocrites... personne n'était épargné.

Il sortait aussi des petites phrases percutantes qui résonnaient dans l'oreille par leur force d'évocation : le linceul n'a pas de poches ; soyez des pères, pas de vieux garçons ; l'IVG, c'est louer les services d'un tueur à gage ; la médisance est une bombe et celui qui médit est un terroriste ; s'il te vient l'envie de médire, mords-toi la langue ; Dieu n'est pas un aérosol ; à bas les chrétiens rangés, les chrétiens enterrés dans les choses de tous les jours, les chrétiens garés en stationnement, les chrétiens immobiles, les chrétiens en cage. Et aux mafieux, il lançait carrément : « Convertissez-vous pour ne pas finir en enfer. Je vous le demande à genoux, convertissez-vous ! » Wouah. Apocalypse et grand châtiment. Finalement, cela ne contrastait pas tant avec Spielberg.

Samuel bailla. Le pape parlait aussi du « protocole par lequel nous serons tous jugés », l’Évangile de Matthieu chapitre 25. Le journaliste n’eut pas le courage d’aller voir de quoi il s’agissait. D’ailleurs, les jugements, il détestait. Que devenait le célèbre « Qui suis-je pour juger ? » qui avait fait le tour du monde ? Chez les chrétiens, on jugeait tout, et en plus, à la fin, on concluait par le Grand Jugement.

« Faire le bien sans calcul, même si personne ne nous le demande, même si l’on n’y gagne rien, même si cela ne nous fait pas plaisir », ajoutait le pape.

Bref. Avec cette avalanche de sermons cathos, Samuel n’allait pas avoir de mal à s’endormir.

Day 79 : rien. Toujours rien.

IV

Ce n'était pas banal : en stationnement devant l'église Saint-Hugues, il y avait une limousine noire, dont le moteur tournait, comme pressé de repartir. Du beau monde venait-il si tôt faire ses dévotions ? Samuel fit une pause dans son jogging matinal, contourna le véhicule aux vitres teintées, et dans un réflexe de fin limier, sortit son portable pour prendre discrètement en photo la plaque d'immatriculation, avec l'air convaincant d'avoir reçu un texto. Sa curiosité étant aiguisée, il se dirigea ensuite vers l'église, dont il poussa la petite porte de bois aux gonds à ressort, qui grinça et se rabattît derrière lui. Un éclairage minimal dans l'église donnait à l'édifice un aspect de scène gothique. Sam aperçut, entre les deux halogènes du stand de vente, le visage de Josette, toujours aussi osseux. En face d'elle, deux hommes en costard lui remettaient une enveloppe kraft cachetée, qu'elle s'empressa d'ouvrir tandis qu'ils repartaient. Absorbée dans le contenu qu'il ne distinguait pas, Josette ne s'aperçut pas de la présence de Sam, discret, près de son habituel pilier. Elle tira une petite moue, eut un petit reniflement, puis referma l'enveloppe et, de son petit pas claudicant, rejoignit la sacristie dont elle laissa la porte entrebâillée, laissant un rai de lumière sur les pavés gris.

La limousine repartait en faisant crisser les graviers du parking. Sam fronça les sourcils. Son intuition lui soufflait qu'un élément clochait. Il s'approcha à pas de loup du stand, où il vit le cahier de compte, près de la caisse fermée à clef. Il le prit, le feuilleta. En novembre, les comptes laissaient apparaître 43 500 euros de bénéfices pour le mois. *Bienheureux vous les pauvres* ? Samuel fut secoué d'un rire nerveux : 43 500 euros, en vendant des cierges et des images de saints à 50 centimes ? La paroisse Saint-Hugues aux 350 catholiques n'avait pas pu en vendre des dizaines de milliers, à supposer même qu'il y ait eu un car déversant des touristes chinois avides de souvenirs pieux. Portable en main, il prit une photo de la page, referma et reposa le carnet. Il rentra en courant chez lui, se changea, appela son chef :

– Je serai en retard ce matin.

– Ça change des autres matins ? grogna Stéphane.

– Ouais, je suis sur une piste sérieuse.

– Les dévots ?

– Ceux-là mêmes.

– Qu'est-ce qu'il se passe ? Ils préparent un bûcher ?

– Beaucoup, beaucoup mieux.

Samuel se rendit à la gendarmerie, où il fut reçu par un petit adjudant chauve et enrhumé, qui éternuait sans répit.

– Vous avez des enfants ? demanda-t-il à Sam qui entrait dans le hall désert en introduisant avec lui un souffle d'air glacial.

– Euh... non.

– Très bien. Tant bieux. Ils vous refilent tous leurs bicrobes.

L'adjudant éternua.

– Vous venez bour quelle raison ? questionna-t-il en extirpant un mouchoir à carreaux de sa poche.

Samuel sortit sa carte de presse.

– Je suis journaliste, je soupçonne un blanchiment d'argent.

L'homme se moucha bruyamment.

– Ah. Vous avez des breuves ?

– Je crois. J'ai pris des photos.

– J'abelle bon sous-officier.

Il composa un numéro sur son téléphone à cadran.

– Bajor Diallo ?... J'ai ici un journalisde du... du Cabéscope... oui, Cabéscope, c'est ce que j'ai dit... il dit qu'il a un soubçon de blanchibent d'argent... oui, blanchibent, c'est ce que j'ai dit... je vous l'envoie ? Entendu.

Il raccrocha en éternuant.

– Le bajor devient sourd... Je vous ouvre la porte, prenez l'escalier à gauche, prebier étage, le bajor vous attendra en haut.

– Merci, fit Sam.

Il suivit les consignes. Une grande femme black en uniforme était penchée sur la balustrade, le suivant des yeux alors qu'il montait les escaliers.

– Vous êtes le journaliste de Caméscope ? Je connais votre chef, Stéphane. C'est mon cousin germain.

Stéphane ayant plus l'air d'un Viking que d'un Afro, l'arbre généalogique n'était pas évident à dessiner, mais Sam n'avait pas le loisir de s'en étonner.

– Venez, entrez, invita le major en indiquant une porte ouverte.

Sam s'installa dans le bureau où traînaient des piles de dossiers et des cendriers remplis à ras-bord, dans une atmosphère brumeuse. La femme s'assit à son tour sur un fauteuil à roulettes qui fit un quart de tour sans qu'elle l'ait voulu. Elle croisa les bras sur le bureau dans une attitude posée.

– Vous avez donc les preuves d'un blanchiment d'argent ? Expliquez-moi.

Samuel exposa en détail sa découverte du matin.

– Vous avez vu une limousine et des hommes en costard, récapitula le major. Mais cela pouvait aussi bien être un enterrement… et l'enveloppe pouvait contenir les honoraires de la séance.

Elle n'avait pas forcément le vocabulaire liturgique.

– J'y ai pensé, admit Sam, mais il n'y avait pas de cercueil.

Dévoilant prudemment ses cartes une à une, il montra la photo du carnet de comptes.

– Mmm… réfléchit le major, il nous en faudra un peu plus pour ouvrir une enquête…

– J'ai aussi photographié la plaque d'immatriculation de la limousine, ajouta le journaliste en tendant son portable que son interlocuteur saisit.

Le major écarquilla les yeux. Sam sentit que, si elle avait pu pâlir, elle l'aurait fait. Le sous-officier appela immédiatement un numéro :

– Chef… les Quinze… on peut les prendre la main dans le sac… un blanchiment d'argent dans une église… oui, une église… ah ben ça, je n'y comprends rien non plus… mais c'est effectivement un lieu où on n'aurait pas eu l'idée de les chercher.

Elle raccrocha.

– Le chef du PSIG arrive.

Entra bientôt un homme d'une trentaine d'années, qui se présenta :

– Lieutenant Quentin de La Rochefoucauld.

La vie vous réservant parfois des surprises incongrues, l'agent d'élite était le sosie de son professeur de sport du collège. Samuel avait eu une admiration sans borne pour lui.

– Nous allons devoir garder votre téléphone, prévint-il en étudiant les pièces à conviction.

Stéphane allait être ravi, c'était son portable professionnel.

– Vous dites que vous faisiez votre jogging et que vous avez senti quelque chose de louche ?

Samuel fit sa déposition en répondant aux questions les plus inattendues – notamment « Pourquoi avez-vous changé de vêtements après le jogging ? » et « Avez-vous l'habitude d'entrer dans cette église en faisant votre jogging ? »

– Bien, conclut l'officier. L'enquête confirmera ou non ces dires. Merci, Monsieur Favre.

L'enquête ne fut pas longue, à mesure de gendarmerie. Le lieutenant en personne contacta Samuel après quelques jours d'attente.

– Monsieur Favre ?

– Oui.

– Nous avons les conclusions de l'enquête pour laquelle vous avez déposé comme témoin. Votre instinct était bon, nous avons arrêté Mme Josette Piat, l'économe de la paroisse Michelle Meunier et l'organiste Jacques Tellier. Ils étaient de mèche avec les Quinze.

– Les Quinze ?

– Des trafiquants que l'on suit de près depuis des mois. Ils avaient plusieurs lieux de blanchiment introuvables, qu'on a enfin découvert grâce à vous : le stand dans l'église, les recettes des concerts de l'organiste, la kermesse de fin d'année… c'est un gros coup. Rien n'a encore filtré, je vous appelle pour vous permettre de l'annoncer en exclusivité dans le Caméscope, nous vous devons bien cela.

– Merci, dit Sam qui imaginait déjà son titre en Une et les félicitations de Stéphane.

– Cela va faire du bruit parmi les habitués de l'église, signala l'officier.

– Certes. Mais ils ne devraient pas être si surpris : on ne pouvait que s'attendre à des magouilles, dans une paroisse où le curé parle russe, plaisanta Sam.

– Il parle russe, dites-vous ? Ce n'est pas banal.

Samuel eut un tantinet honte d'en rire avec autant de légèreté. Il n'avait pas revu Luc depuis la découverte de la limousine, et il avait ignoré les appels de son frère Grégoire, pour que rien n'interférât avec son devoir.

Après cette affaire, Sam avait de très bonnes nouvelles à partager avec son quatuor veggie. À la veille de la publication de son article, il narra triomphalement l'aventure à ses trois amis aux yeux écarquillés.

– T'as collaboré avec la police ? s'alarma Kilian qui était un antimilitariste de haut niveau.

– Avec la gendarmerie.

– C'est pire.

– Oui, ben ils ont un peu plus de moyens que moi pour enquêter, figure-toi.

– Je n'en reviens pas, confia Églantine. Ma grand-tante va en faire une crise cardiaque. Elle dit toujours que ce n'est « pas chrétien » de manger sans faire son bénédicité. Alors frayer avec la mafia…

– Tu peux être fier de toi, ajouta Alessandro. Qu'est-ce qu'a dit ton rédac chef ?

– Il m'a dit « Te prends pas la grosse tête, c'est un coup de bol, c'est tout » et « Surtout n'attends pas de promotion ».

– Les chefs…

– Ouais.

Samuel se demanda si Diane Moretti allait lui battre froid au prochain marché, sous prétexte que son article ne la citait pas sur la catéchèse.

Le temps passa en un éclair, jusqu'à un après-midi de sombre froidure d'hiver, où Samuel reçut un nouvel appel du lieutenant.

– Monsieur Favre ? Auriez-vous un moment pour passer nous voir, s'il vous plaît ?

– Oui.

Il commençait à prendre goût à ces échanges qui le renforçaient dans le sentiment de pouvoir prétendre à un poste de journaliste d'investigation – hélas, Stéphane n'avait pas encore compris sa valeur, mais cela ne saurait tarder. Samuel fut à nouveau reçu dans un bureau du premier étage, cette fois directement chez l'officier de La Rochefoucauld. Au passage à l'entrée, le petit adjudant chauve toussait à cracher ses boyaux.

– Merci de venir aussi rapidement, commença le lieutenant. Nous avons des nouvelles qui risquent de vous intéresser.

Samuel était tout ouïe.

– Il y avait du blanchiment d'argent à Saint-Hugues, vous le savez déjà. Mais ce n'est pas tout. Vous êtes assis ? Tenez-vous bien : Luc Le Goff… est en réalité un agent secret russe.

– Pardon ? fit Sam, éberlué.

– Il ne s'appelle pas du tout Luc Le Goff. On ne vous donnera pas son vrai nom, secret d'État, mais cette découverte est d'un grand enjeu pour l'échiquier politique.

Le journaliste était médusé. L'annonce n'atteignait pas encore ses neurones.

– Mais… que faisait-il comme curé de paroisse ?

– Il avait un double jeu, comme beaucoup d'agents. Il faut admettre que cette couverture était particulièrement réussie… Il a trompé tout le monde, même son évêque, tout le monde. Il a fait le séminaire, s'est démarqué par sa profondeur spirituelle. Mais en fait, il répondait à un officier de renseignement russe au nom que l'on gardera également secret.

– Quels renseignements donnait-il ?

– Tout ce qui permettait d'influencer les nominations des évêques. Il avait la confiance de son évêque, et avait ses entrées chez le nonce apostolique. L'idée était de tisser lentement une toile de fond totalement différente dans le paysage catholique.

– C'est hallucinant, lâcha Samuel, qui ne comprenait pas où résidait l'intérêt de cette manœuvre.

– Selon nos informations, il y a vraisemblablement des agents de ce type dans de nombreux pays du globe, ajouta le gradé. C'est un réseau souterrain très ingénieux.

– Et qu'est-il advenu de L... enfin... du curé russe ?

– Nous l'avons arrêté hier soir au presbytère. Personne n'est encore au courant dans la paroisse.

– Pourquoi avez-vous tenu à me le dire en avant-première ?

– C'est vous qui nous avez permis de remonter la piste. Vous m'aviez signalé au téléphone qu'il parlait russe. Le matin même, un informateur nous avait rapporté des éléments mystérieux, des bribes de conversations sur un espion en soutane, on cherchait à comprendre... Votre remarque nous a mis la puce à l'oreille, nous avons lancé le GIGN sur ce sujet. Avec tout ça, vous allez les avoir, vos galons de journaliste, plaisanta l'officier.

Samuel oublia son parapluie à la caserne. Puis il écrivit un nouvel article-grenade qui, malgré les critiques de Stéphane, jamais satisfait, eut son succès hollywoodien auprès de ses confrères. Mais cette fois, il avait mal. Obscurément, il se sentit trahi. Ironie du sort, il était allé voir un Spielberg avec un agent secret russe. Luc avait bien caché son jeu : il avait réussi à le persuader qu'il était sincère quand il parlait des 99 brebis, ça lui avait presque donné envie d'y croire. Que de déceptions dans cette Église.

Grégoire l'appelait, Samuel ne répondait pas.

Il hésita longtemps, des semaines, avant de demander la permission d'aller visiter le prêtre-agent-secret en prison. Pourquoi cette initiative ? Nul n'aurait su dire. Le lieutenant de La Rochefoucauld fit le nécessaire pour agréer cette demande compliquée, alors que l'agent secret était détenu sous haute surveillance et faisait l'objet d'âpres discussions diplomatiques entre les deux pays, auxquelles s'adjoignait le Vatican dont le secrétaire d'État était aux cent-coups. Samuel se retrouva dans une salle de visite, petite, sans fenêtre, grise, avec une lourde porte blindée qui claqua dans un bruit sinistre. Le père Luc, ou Luc tout court, ou Igor, peu importait, cheveux courts, menottes aux poignets, fut amené par deux agents de sécurité. Il resta debout en face de Samuel, mutique. Le reporter sentit monter en lui une vague de reproches désillusionnés.

– Une double vie, hein ? lui lança-t-il. De beaux sermons, des témoignages qui vous tirent la larme à l'œil, de grands projets d'évangélisation, des discours sur Dieu… mais tout ça, c'était du théâtre.

Luc se taisait.

– Dis-moi, tu y croyais quand même ? Ou tu mentais aussi sur Dieu ? Tu y croyais un peu, ou c'était absolument tout inventé ? Est-ce qu'on finit par se convaincre, à force de répéter de belles paroles ? Ou est-ce qu'on reste schizophrène ?

Comme son vis-à-vis ne réagissait toujours pas, Samuel baissa les bras :

– J'ai toujours su que l'Église, c'était pourri ; dès mon enfance, j'ai été dégoûté. C'est un trou à moralisateurs, à élites, à rigides, à pervers, à fermés, à peureux, à névrosés… la liste est longue, je pourrais continuer longtemps. On nous vend une bonne nouvelle qui ne peut pas faire envie parce que personne ne la vit.

Il parlait dans le vide. Luc ne bougeait pas, inutile de perdre son temps. Samuel tourna le dos pour partir. C'est alors que Luc prononça une parole étrange :

– Être chrétien, ce n'est pas être meilleur que tout le monde, ce n'est pas être parfait, c'est savoir qu'on ne l'est pas et qu'on a besoin de Dieu.

Fixant la porte de sortie qu'un gardien ouvrait pour lui, Sam serra les poings.

– Pourquoi voudrais-je d'un Dieu qui me met face à mes limites ? Qui a envie de ça ?

Mais l'agent double s'était à nouveau enfermé dans le mutisme. Déçu, Samuel ne comprenait pas pourquoi il avait voulu cette entrevue, hormis dans l'espoir inavoué d'entendre Luc clamer son innocence.

Il n'avait toujours pas rappelé Grégoire, qui lui laissait des messages inquiets.

Les péripéties n'étaient pas terminées pour autant. Aussi incroyable que cela parût – mais quoi de plus incroyable qu'un agent infiltré en prêtre pour contrôler les affaires de l'Esprit Saint – Samuel fit partie de la nouvelle promotion à l'Ordre national de la Légion d'honneur. Le président de la République, sur demande du ministère de l'Intérieur, voulait saluer par ce geste sa perspicacité au service de la Nation, ainsi que rendre hommage à la profession de journaliste. À ce stade-là, Samuel avait cessé de s'effarer du nouveau cours qu'avait pris son existence. Il était devenu un automate. C'est donc dans un semi-brouillard qu'il reçut le ruban rouge, parmi d'autres illustres inconnus, dans une grande salle baroque du ministère. Nombre de ses connaissances étaient là : ses amis endimanchés, Stéphane qui distribuait des exemplaires du Caméscope, sa mère qui ne retenait pas ses larmes, sa copine de lycée qui semblait ne pas avoir vieilli.

Il n'y avait pas Grégoire, qu'il refusait de contacter. En revanche, dans la foule, il aperçut le blond-bien-sous-tout-rapport, Charles de Boivin, en chemise à carreaux Lacoste. Cette présence étonna davantage Samuel que la remise de la plus haute distinction française. Il profita du buffet pour se rapprocher du paroissien modèle qui était resté dans un coin, près d'une peinture Renaissance représentant un ange avec des cornes.

– Toi, attaqua-t-il directement, tu étais ami avec Luc Le Goff… tu dois lui en vouloir d'avoir fait croire tout ça ? Ça n'ébranle pas ta foi ? Les trahisons et les bassesses, ça ne t'écœure pas de l'Église ?

– Être chrétien, ce n'est pas suivre des hommes, c'est suivre Jésus.

Charles parlait toujours autant en langage Magistère.

– Et la dérouillée que votre paroisse a prise avec l'histoire du blanchiment ? Ça craint, non ? Ça ne donne pas envie de jeter l'éponge ? Vous étiez dans un grand chantier d'évangélisation, tout est mis par terre… pourquoi ? C'est absurde.

– La croix est absurde. Mais il n'y a pas de chrétien sans croix ; on ne peut pas suivre un Christ sans sa croix.

Ces mots insensés et rebutants restèrent en écho dans la tête de Samuel jusqu'à la fin de la cérémonie. Quittant les lieux le plus rapidement possible pour éviter sa mère, il sortit seul. Dehors, un temps printanier avait succédé à l'hiver. Décoré de son nouvel insigne, il alla jusqu'à l'église Saint-Hugues, qui semblait déserte. Il n'entra pas, il la contourna, désorienté. Il y avait un jardinet, à l'arrière, avec un panneau « Paroisse Saint-Hugues ». Il n'avait jamais remarqué auparavant qu'il y avait un jardinet dans la paroisse. Il laissa errer son regard sur les herbes… cligna des yeux… pas possible… c'étaient des pieds de cannabis, il y en avait des dizaines, qui s'étalaient au soleil…

Cette surenchère d'éléments délictueux commençait à faire beaucoup.

Soit la paroisse était vraiment un repaire de Cosa Nostra, soit c'était un coup monté.

Samuel fut pris d'un ricanement dément, qui s'amplifia, s'amplifia… résonna… en lui, en dehors de lui…

Et il se réveilla. La tête entre les bras, la nuque défoncée, les lunettes déformées, devant l'ordinateur où la voix du pape François continuait à sermonner dans son italien métissé d'accent hispano-argentin…

V

Wouah. Que ? Je. Pendant de longues minutes, dans un état de torpeur stupide, Samuel se demanda s'il avait rêvé un rêve ou s'il avait rêvé la réalité. Se pouvait-il qu'il y ait eu des fragments de vérité dans ces visions ? Luc était-il agent double ? Y avait-il du trafic avec les quêtes à Saint-Hugues ? Existait-il un lieutenant qui aurait été le sosie de son prof de sport et une major d'origine sénégalaise cousine de Stéphane ? Bon, globalement, c'était du grand n'importe quoi. Samuel alla se coucher raisonnablement dans son lit.

Il aurait pu faire la grasse matinée, c'était dimanche… mais les voisins avaient décidé de déménager. Ces voisins-là avaient fait durant trois ans des efforts méritoires pour être source de nuisance, cela constituait probablement une clause de leur bail. Encore aujourd'hui, à en juger par les bruits et les cris, il y avait de la casse. Cheveux ébouriffés, Samuel sortit péniblement de sous les draps, s'assit au bord du lit, se prit la tête entre les mains. Ces histoires de catholiques avaient pris trop de place dans sa vie.

Il alluma son portable, dont le vibreur ne tarda pas à le prévenir d'un texto de Grégoire : « Reminder : première communion de Sylvain aujourd'hui. » Encore habité du fond de son rêve étrange, Samuel se sentait diffusément coupable de n'avoir jamais répondu à son frère qui avait si souvent tenté de le joindre. Quitte à supporter exceptionnellement une nouvelle messe, il allait se faire pardonner.

Il était encore tôt, mais étant bien éveillé, il prit une douche écolo-express, s'habilla, s'emmitoufla et se rendit à l'église. Sur le parvis, il souffla en vérifiant le parking : aucune limousine. L'église était ouverte, de douces lumières faisaient office de veilleuses dans le lieu calme. Les mains dans les poches, Samuel déambula jusqu'à la chapelle vitrée, située derrière le chœur. Il n'était jamais entré dans cette chapelle qu'il observa attentivement, le nez collé à la vitre : il y avait un petit autel de pierre grise brute, devant lequel scintillaient des lumignons, une statue de Notre-Dame tenant son fils nourrisson contre elle, des chaises paillées et des bancs-agenouilloirs sur une moquette bleu ciel. Une petite vieille couverte d'un chapeau en fourrure entra, se signa à la va-vite, marmonna quelque réclamation en allumant un lumignon, ressortit. Une maman, accompagnée de sa fillette de 3 ou 4 ans, vint à son tour se recueillir quelques minutes, puis ressortit avec l'enfant bouclée qui envoyait un baiser à la statue de la Vierge. Sur les chaises, deux jeunes filles étaient en prière. Samuel vit aussi, dans la pénombre, agenouillé sur le pavé, un homme dans lequel il finit par reconnaître Luc Le Goff.

Dans la chapelle paisible, le curé priait. Il savait que, quand il sortirait, il y aurait des messages sur son portable, des personnes à saluer, à accueillir, des demandes de messes, des questions, des plaintes, des problèmes à régler, des souffrants à écouter, des réunions, des sollicitations. Néanmoins, avant tout cela, son portable était éteint, ses yeux étaient fermés. C'était son temps, d'âme à âme, seul avec son Dieu. Un temps chargé de son troupeau, certes, un temps peuplé des rires et des larmes des siens, mais un temps de silence, un temps où il ne faisait rien d'autre que se mettre à genoux devant son Créateur. Sous son regard, Luc se posait et déposait tout.

Derrière la vitre sur laquelle son haleine laissait des ronds de buée, Samuel était impressionné par son attitude.

Pour le journaliste, cette messe de dimanche ne fut pas plus exaltante que la précédente, si ce n'est que son neveu Sylvain, habillé d'un costume de fête au premier rang, se retournait parfois pour lui faire un clin d'œil, heureux comme un pape… comme un pinson – *erratum*, à force de fréquenter l'Église, on prenait des expressions cléricales. Il faisait froid, le chauffage fonctionnait à peine, le chantre n'était pas en forme, l'assemblée faisait grise mine. Cependant, le reporter commença à noter de petites étincelles dans ce décor maussade : près de l'autel, le séminariste Jean-Baptiste suivait la liturgie avec une sérénité qui impressionnait ; il était évident qu'il se trouvait exactement là où il voulait être, entièrement présent, rayonnant ; et au moment de la quête, de vieilles dames souriantes firent passer les paniers entre les rangées… ce détail méritait d'être consigné car il s'agissait de très beaux sourires, lumineux, emplis de bonté. Dans ce club du troisième âge, il y avait quelque chose, un souffle, même si ce n'était qu'un mini-souffle, au-delà des apparences et des querelles.

Au moment du geste de la paix du Christ, Christophe Soulier quitta son banc et parcourut l'église pour serrer des mains de-ci de-là, arborant son air bonhomme, reliant les uns et les autres dans un même sourire touché. Samuel serra quant à lui la main de ses neveux qui s'amusèrent à essayer de la broyer, de son frère, de sa belle-sœur, de ses parents venus pour la communion de leur petit-fils. Ensuite, il eut le malheur de se retourner à demi et de devoir serrer la main de Charles de Boivin. Il avait peut-être une chemise Lacoste à carreaux sous sa parka, pensa subitement le reporter, rattrapé par son rêve. Poussé par il ne savait quelle curiosité ésotérique, entre fragments de songe et de réalité, il l'interrogea tout de go, à la fin de la messe :

– Tu penses vraiment qu'il n'y a pas de chrétien sans croix ?

– Euh… fit Charles. Je ne me souviens pas d'avoir dit ça.

– Si, tu l'as vaguement dit, un jour, assura Samuel, la conscience tranquille – il l'avait bien entendu.

Charles réfléchit quelques instants.

– Je pense que c'est juste, oui. Si on suit Jésus, à un moment ou à un autre, on rencontre la croix. Ça fait partie du package.

Samuel eut une moue de dégoût.

– Je ne sais pas trop ce qu'est votre idée de la croix, mais si c'est d'accepter la souffrance, c'est révoltant.

– Papa ?

– C'est vrai, accorda Charles, au grand dam du reporter.

– Hein ? fit Sam.

– Papa !

– La croix, c'est révoltant, c'est vrai. Mais qui est épargné par la souffrance ? C'est une réalité, il me semble. Je préfère la souffrance avec Dieu que sans Dieu. Je préfère m'épancher dans les bras d'un ami que tout seul. Surtout que cet Ami, il sait ce qu'est la souffrance, il la porte avec moi.

– Papaaaaa !

Charles se pencha vers la fillette blonde aux lunettes rondes qui lui tirait la manche :

– Qu'est-ce qu'il y a, Agathe ? Tu ne vois pas que je suis en train de parler ?

– Est-ce que je peux monter dans les escaliers de l'orgue avec Côme ?

– Quoi ? Côme est monté ? Va lui dire de ma part de redescendre immédiatement.

L'enfant partit du pas du messager de l'autorité paternelle. Jacques Tellier avait horreur d'être dérangé par des têtes enfantines alors qu'il jouait sa symphonie impériale finale.

– Dieu porte la souffrance avec nous ? répéta Samuel. Ce ne sont que des mots, et en plus le concept n'est pas du tout attirant. Comment peut-on être fier d'appartenir à l'Église en diffusant ce genre de message ?

À la grande surprise de Samuel, Charles avait perdu le ton bourgeois qu'il lui connaissait, ou qu'il lui attribuait d'office.

– Fier ? Je ne pense pas être toujours fier, avoua-t-il. Parfois, j'ai envie de fuir. Annoncer Jésus aujourd'hui, c'est souvent ramer à contre-courant, c'est rester avec lui alors qu'il monte au Golgotha… Et puis, les scandales des abus me font honte. Toutes les pourritures qu'on a laissé faire me font honte. Les histoires de corruption, au Vatican et partout, me font honte. J'ai honte de moi-même, de mes silences, de mes lâchetés, à mon niveau, dans ma vie quotidienne. Mais je suis fier de ceux qui se battent pour que la vérité triomphe et pour que justice se fasse, même si ça fait très mal. Ceci dit, ce n'est pas pour ça que je continue à croire.

– Pourquoi, alors ?

– Parce que sans Dieu, je n'ai plus de sens, répondit simplement Charles.

– Papa !
– Qu'y a-t-il ?
– Côme ne veut pas descendre.
– J'arrive.

Charles commença à s'éloigner, avant de se retourner une dernière fois :

– Le message du Christ est difficile à porter, parce qu'il est aussi le plus grand des scandales.

– Ah oui ? questionna Samuel.

– Le plus grand des scandales, c'est la croix, c'est Dieu crucifié par l'homme. Le plus grand des scandales, c'est que si on demande à Jésus : « *Quo vadis, Domine* ? » il répond : « *Romam eo iterum crucifigi* ».

– Traduction pour les non-initiés ?

– Encore aujourd'hui, Il est prêt à se laisser crucifier pour moi.

Chez les Favre, le déjeuner de fête de première communion s'éternisa. Samuel n'était pas un partisan exalté de ces repas de famille où sa mère occupait l'espace en parlant principalement valeurs et morale – et déliquescence du monde, par le fait même. Il étouffait. En règle générale, quand le dessert arrivait, il avait déjà quitté la table et s'était adonné à une construction ambitieuse ou à un nouveau jeu délirant avec ses neveux. En fin d'après-midi, la famille fit une promenade digestive avant de conclure la journée par la traditionnelle soupe post-festin. Une fois leur mère partie et les enfants couchés, Grégoire et Samuel fumèrent un cigare, ils le méritaient bien.

Élisabeth s'assit près d'eux dans le salon, tenant son petit dernier au sein. Une crèche trônait au pied du sapin, qui avait maintes fois titubé sous l'influence des jeux enfantins. Tout était calme à présent… enfin, presque calme. Ils entendirent un bruit sourd au-dessus de leur tête, et des rires étouffés supposés être contenus au premier étage.

– C'est la java en-haut, fit observer leur mère.

– Je vais aller voir ça, soupira Grégoire en reposant son cigare à moitié consumé.

Tout en crapotant, Samuel se tourna vers Élisabeth. Il appréciait le caractère doux de sa belle-sœur, même s'il la considérait culturellement limitée, ayant mis sa carrière entre parenthèses pour porter et élever quatre enfants. À chaque nouvelle annonce de grossesse, Samuel s'était insurgé intérieurement contre la venue de ces grands pollueurs en puissance, pour finalement, à chaque naissance, fondre devant leurs irrésistibles bouilles poupines.

Élisabeth avait les traits tirés.

– Je suis épuisée. Vivement là-haut qu'on se repose un peu, plaisanta-t-elle en souriant.

Échauffé par une journée en compagnie de sa mère, Samuel se laissa emporter :

– Élisabeth, je veux bien comprendre qu'on puisse imaginer un Paradis, même si j'estime que c'est un leurre pour pallier l'angoisse de la mort. Mais l'Église, la morale, tout ça… tu as entendu ma mère, à nous bassiner avec les valeurs, la tradition, les principes… elle te parle de péché mortel et de péché véniel entre la poire et le fromage… Comment peux-tu accepter de te laisser enfermer dans un tel système ?

Élisabeth ouvrit des yeux ronds.

– Je n'ai pas l'impression d'être dans un système…

– Tu ne le vois peut-être pas, mais tu suis un « modèle ». Un système. Et quand vous parlez d'évangélisation, le but de la paroisse Saint-Hugues c'est de propager ce système. C'est stupide. Il n'y a que les tordus qui recherchent un système.

– Mais, Samuel, se récria la jeune femme, le but de l'évangélisation ce n'est pas la diffusion d'une institution, ni d'un système ! C'est de faire rencontrer Jésus.

– C'est qui, Jésus ? Il représente un Dieu qui te donne ses dix commandements. Il balise ta route, tu obtempères.

Élisabeth caressa tendrement son nourrisson qui venait de gémir faiblement dans ses bras, avant de répondre avec douceur :

– Moi, ce que j'aime bien dans ma foi, c'est que Jésus dit que la seule loi, c'est l'amour. Le reste, ce n'est pas l'essentiel.

– Vraiment ? Ce n'est pas ce qu'on entend dans les sermons…

Grégoire, redescendant terminer son cigare, intercepta les derniers mots :

– Tu écoutes les sermons, toi ?

– Leur réputation les précède.

– Bravo l'honnêteté journalistique.

– Je reconnais, reprit Élisabeth, qu'au lieu de transmettre l'Évangile de Jésus, on reformule souvent un Évangile à notre sauce.

L'occasion pour Samuel de rattaquer :

– Mais oui, il y a chez les chrétiens une culture des efforts, des sacrifices, de la réprimande, de la culpabilité, sous le regard d'un Dieu qui pèse nos actions dans sa balance et qui jugera tout à la fin des temps.

Grégoire tira tranquillement sur son cigare.

– Je ne me reconnais pas du tout là-dedans. Si c'est ça l'Église, je fuis. Si Dieu est comme ça, je n'en veux pas.

– Ben c'est ça, rétorqua son frère. J'ai oublié beaucoup de choses de nos cours de caté de l'enfance, mais pas l'Apocalypse, le grand jugement, les élus, les suppôts de Satan, ceux qui terminent en enfer… C'est glaçant ! On a l'impression que ce monde est un champ de mines.

Grégoire fit une moue placide :

– J'ai pas entendu ça, moi, au catéchisme. On chantait, on faisait des mimes. J'ai surtout collé des gommettes sur des panneaux et fait des dessins.

– Grégoire ! lui reprocha sa femme.

– Et à Noël on faisait une crèche vivante et moi, va savoir pourquoi, j'étais toujours le bœuf.

– Rapport aux neurones, dit Samuel.

– Je prends ça pour un compliment, saint Thomas d'Aquin était surnommé le bœuf muet…

– Eh ben à l'époque, ils n'y connaissaient rien en neurones.

Élisabeth berçait son enfant qui s'était endormi contre elle.

– Le cœur de ce qu'on devrait annoncer, continua-t-elle en se tournant vers son beau-frère, ce n'est pas que le monde est pourri et qu'il faut se convertir pour éviter le grand châtiment, le cœur c'est *Dieu a tant aimé le monde*.

– C'est tout ?

– C'est tout.

– Il n'y a rien à faire ?

– Bien sûr qu'il y a des choses à faire… Moi, je cherche à faire le bien tous les jours, à rectifier ma vie. Mais je sais que Dieu me regarde avec bonté, même quand je me trompe, et qu'il m'aime même si je tombe, même *quand* je tombe.

– Tu vois qu'il y a des efforts à faire, ricana Samuel.

Grégoire, dont le cigare diminuait dangereusement, ouvrit la bouche pour intervenir à nouveau en s'animant :

– Oui, c'est vrai, il y a les sacrifices, les pénitences, les croix sur le chemin, on se marre pas tous les jours, c'est pas l'éclate tout le temps, on se fait pas plaisir à chaque instant, non, faut tenir, faut durer, faut être fidèle, ça fait chier parfois… mais tout ça, c'est pas possible, c'est impossible, et c'est même injuste, faux, c'est perdu d'avance, si d'abord t'as pas fait la rencontre avec le Père qui te prend dans ses bras comme tu es. T'es lourd ? T'es con ? T'es dépendant ? T'es adultère ? T'es minable ? T'as tout raté ? Il s'en fout. Il t'attend. Même pas pour te faire la morale. Il t'attend pour te dire qu'il a déjà payé pour tout ça.

Samuel le regarda avec stupeur.

– T'es fou.

– C'est Dieu qui est fou.

VI

Luc Le Goff était découragé. Les fêtes de fin d'année étaient passées, la gueule de bois nationale s'était installée avec le mois de janvier, et elle n'épargnait pas sa paroisse. Lors des célébrations de Noël, il n'y avait pas eu tellement plus de monde que d'habitude. L'élan paroissial qu'il avait cru soulever dans ce branle-bas de combat évangélisateur était retombé comme un soufflé. Les paroissiens s'étaient remis à roupiller, dans le quartier qui continuait son train-train sans l'Église. Les hommes avaient-ils vraiment soif de Dieu ? Peut-être pas. Ils trouvaient leur bonheur ailleurs et nul ne pouvait leur enlever ça. N'était-on pas plus heureux finalement, ou du moins, aussi heureux, sans Dieu ? Pourquoi aller chercher les gens là où ils étaient pour les mener là où ils ne voulaient pas aller ?

Las. Luc ne voyait plus.

9 heures ce mardi matin. Dans son blouson de motard, Marlène surgit du dehors et essuya vigoureusement ses pieds sur le paillasson. Le portable collé à l'oreille, en conversation perpétuelle avec un répertoire téléphonique surpeuplé, la secrétaire paroissiale était une femme énergique au cerveau multitâche. Elle avait une facilité déconcertante à se concentrer sur trois problèmes à la fois. Elle avait aussi la fâcheuse habitude d'accorder sa bonne foi à tous les *hoax* possibles sur le Net, dont elle abreuvait ses contacts sans aucun discernement, sur un registre catastrophé convaincu.

Mère de deux enfants, divorcée après un mariage tumultueux, Marlène s'était convertie à 40 ans en entrant par hasard dans une église de campagne où sévissait un groupe de prière. Elle comptait demander où se situait le poste à essence le plus proche, sa moto étant tombée en panne sèche ; elle était ressortie sans l'adresse du poste à essence mais avec une nouvelle géographie de sa vie.

– Bonjour, père Luc. Bonjour, père Claude.

– Bonjour, Michelle, répondit le vieux Claude à Marlène.

Le vicaire était passé dans le grand bureau, au rez-de-chaussée du presbytère, pour demander une enveloppe. Vieillissant, il venait de plus en plus quémander des objets éclectiques qu'il ne trouvait plus par lui-même. La présence de Claude commençait à poser question au curé : certains paroissiens se plaignaient de ce qu'il oubliait des passages en célébrant la messe. Si on ne l'arrêtait pas, on enchaînait du *Sanctus* à l'*Agnus Dei* sans consécration, ou bien on récitait trois Notre Père à la suite. Mais de retraite, Claude ne voulait point entendre parler, *a fortiori* d'hospices de moribonds, ainsi qu'il appelait les foyers du troisième âge.

– Père Luc, l'intercepta Marlène, pendant que je vous vois, j'envoie un mail de rappel pour la suite des assises paroissiales, la semaine prochaine ?

– C'est pour votre Grand projet ? questionna Claude avec une pointe de sarcasme perceptible dans la voix.

Claude ne comprenait pas la mission telle que présentée par Luc. Pour lui, il fallait se fondre dans la masse, vivre comme tout le monde, devenir l'un d'eux. Il préférait vivre l'Évangile du Christ charpentier – qui avait quand même duré trente ans – en omettant les trois années de prédication qui avaient suivi.

– Je ne sais pas, répondit Luc à Marlène. Selon toute probabilité, personne ne viendra.

– Ah, vous voilà désabusé, nota sa secrétaire en lançant, d'un clic de souris, l'impression des feuilles d'informations.

– Qu'est-ce que ce bruit d'enfer ? interrogea Claude par-dessus le ronron de la photocopieuse.

Marlène lui expliqua en articulant exagérément :

– J'imprime les feuilles d'information, Père.

Et la secrétaire de se tourner vers le curé :

– Père Luc, pourquoi dites-vous que personne ne viendra ?

– Ce n'est pas la bonne période. Il n'y a que des défections en ce moment. Les jeunes ont abandonné leur projet de CD de chants parce que leur leader guitariste vient de déménager. Un seul nous quitte, tout le monde est démobilisé. On ne peut pas s'engager à long terme en reposant uniquement sur le charisme de quelques-uns, si les autres se laissent porter comme des feuilles mortes par le courant.

Luc comprenait de plus en plus pourquoi Jésus parlait de moutons et non pas de jaguars comme le regrettait Christophe Soulier.

– Il y a d'autres projets, non ? rappela Marlène.

Désillusionné, le curé sortit sa liste :

– Rien ne se met en place : on n'a toujours pas commencé à organiser les repas hebdomadaires pour les SDF, deux groupes de partage sur quatre sont en train de se réduire à peau de chagrin, des bataillons se sont formés pour défendre coûte que coûte les vieux chants, les jeunes ont déjà arrêté les vidéos comiques sur leur site Facebook et personne ne vient aux repas pour personnes seules…

– Peut-être que personne n'est seul ? risqua sa secrétaire.

Luc, lui, se sentait seul.

– Mon père, je pense que tout ça, c'est bon signe, enchaîna l'optimiste Marlène avec bonne humeur. C'est un test.

– Peut-être… répondit le père Luc avec scepticisme.

– Moi, raconta Marlène, quand je me suis convertie il y a dix ans, j'ai vécu une sorte de lune de miel. Tout allait bien, Amour, Gloire et Beauté sous le soleil de Dieu. Tout était facile, je sentais la présence de Dieu à côté de moi. Quelques années plus tard, j'ai perdu mon travail, j'ai dû déménager dans un HLM, ma nouvelle paroisse était morte, il n'y avait aucun accueil, il fallait faire des kilomètres pour trouver un groupe de prière de soutien, mes enfants qui grandissaient ont rejeté ma foi, je n'arrivais plus à prier… tout arrivait en cascade de misère. Je tirais les cloches là-haut pour demander quand est-ce que ça s'arrêterait… Mais avec du recul, je peux voir que dans ce tunnel, ma foi a été éprouvée, elle s'est transformée d'une foi de petite fille à une foi d'adulte, quelques idées fausses sur Dieu sont tombées. Je crois que là, c'est pareil : dans tout projet d'évangélisation, il y a un moment où tout est mis par terre… pas parce que c'est nul, mais pour nous rappeler que ce n'est pas nous qui menons, c'est Lui, là-haut, ce ne sont pas nos plans, mais ses plans. Ce n'est pas nous qui décidons, on ne mène pas la barque. On peut essayer de pêcher toute une nuit et revenir bredouille en croyant que tout est terminé, mais si on écoute bien, il demande de jeter les filets à nouveau. En fait, c'est pour nous libérer de nos petites cases…

– Où est le grille-pain ? interrogea le père Claude.

– Dans la cuisine, Père, répliqua Marlène du-tac-au-tac, aucunement désarçonnée par cette irruption de prosaïsme dans son envolée spirituelle.

– Venez, proposa Luc avec sollicitude, je vais aussi à la cuisine. À tout à l'heure, Marlène, merci.

Les deux prêtres se retirèrent, cahin-caha, l'un à cause de son grand âge, l'autre à cause de ses soucis. Dans la cuisine aux carreaux blancs, Luc sortit le sac à pain, l'ouvrit, le tendit à son confrère.

– Tenez.

– Merci.

Claude s'installa pour beurrer ses toasts. Ce faisant, il marmonna à Luc, dans un éclair de lucidité :

– Tu es découragé. Mais je peux te dire que si j'ai appris quelque chose dans mon ministère, c'est qu'on avance pas à pas, et parfois des tout petits, petits pas. C'est notre rôle : nous, on fait les petits pas, et Lui, il fait le reste. Et parfois, il faut bien se tenir parce que le reste, c'est décapant.

– Tu crois aux miracles ? demanda Luc en souriant.

– J'y crois. Élie prétend qu'on entend Dieu dans la brise légère, mais parfois, je t'assure, je l'ai entendu dans un ouragan. Quelquefois, il se fait remarquer.

Claude croqua son toast, qu'il mâcha avec bonhomie, avant de souligner :

– Après tout, il en a les moyens, hein…

Ce tête-à-tête de quelques minutes avec son vieux confrère fut le seul moment paisible de la journée de Luc. La responsable du catéchisme sonna avec autorité au presbytère, déballant une nouvelle histoire de pinaillerie. En face de ses ouailles, le curé était partagé entre la compassion que lui inspiraient leurs combats sincères mâtinés d'histoire personnelle, et l'envie de les secouer pour les débarrasser de leurs blocages lyophilisants. Mais n'était-il pas aussi fait du même limon ? Un mélange d'aspiration à la sainteté et d'étroitesses plus ou moins camouflées.

Il y eut aussi une visite impromptue de Samuel Favre, qui gara son vélo sur les marches du perron et s'introduisit dans le presbytère en même temps qu'Yvonne. Cette dernière apportait un cageot de pommes.

– Père, je vous apporte des pommes de mon jardin… il m'en reste trop et elles sont en train de se gâter dans ma cave. Vous pourrez sûrement les utiliser ?

– On en trouvera un usage, merci, Yvonne.

– Et dire que la première pomme… ébaucha Samuel.

– Ce n'était pas une pomme, l'interrompit Luc. Il ne faut pas croire tout ce qu'on dit dans les médias.

– Oh ce scud… pas trop le temps de faire de la théologie, j'ai un rendez-vous. Vous avez des objets trouvés, ici ? Je crois qu'à Noël, j'ai laissé un livre sur un banc dans l'église.

Grégoire et Élisabeth étant grippés, Samuel avait accompagné lui-même ses deux neveux qui voulaient absolument être servants d'autel le jour de Noël.

– C'était quoi ce livre ? questionna Luc.

– *Inferno.*

– …

– Le dernier Dan Brown.

– …

– Oui, je l'ai feuilleté pendant ton homélie.

– Sans commentaire… Marlène vous n'avez pas entendu parler d'un livre retrouvé dans l'église ?

– Si on me l'avait ramené, je l'aurais brûlé.

– Sacrilège, fit Sam. Vous auriez aussi brûlé les sorcières au Moyen-Âge ?

– J'aurais moi-même été une sorcière, riposta la secrétaire en prenant son paquet de cigarettes pour sa pause.

Yvonne prit part avec vivacité à la conversation :

– Je vous ai déjà dit que mon mari avait des aïeux cathares et que parmi les miens on trouve un inquisiteur ? Heureusement, les siècles ont tout dilué : on s'entendait plutôt bien.

Amatrice d'histoire et de généalogie, Yvonne avait pu remonter le temps très loin dans les origines de sa famille et de sa belle-famille, même si elle avait dû rebrousser chemins plusieurs fois dans ses recherches à cause d'un registre d'état civil mal orthographié à la huitième génération :

Duchene – sans accent circonflexe – au lieu de Duchesne.

– Vous qui aimez l'histoire, s'enquit Samuel, savez-vous pourquoi votre église s'appelle Saint-Hugues ? Ce n'est pas hyper-sexy.

– Ce patronage a été choisi en 1841, se remémora la doyenne. Vous connaissez l'histoire de saint Hugues ? Elle est étonnante. Il cherchait la solitude, il voulait être ermite dans les montagnes, mais toute sa vie, son évêque, ou son directeur spirituel, ou même le pape en personne, sont allés le chercher dans sa retraite pour qu'il s'occupe de son diocèse. Il avait toujours besoin d'être rappelé à l'ordre.

– Il était quand même saint, fit observer Marlène.

– C'est encourageant justement, fit remarquer Yvonne : on préfère notre tranquillité à l'inconfort de la mission, mais Dieu ne se lasse pas de nous remuer pour que l'on sorte de soi. Il a une telle patience, jusqu'à la fin. On peut fuir vingt fois sa mission, comme saint Hugues, pourtant si on accepte de revenir, Dieu nous prend tel que l'on est et Il recommence, Il continue.

Samuel fit entendre sa note sarcastique :

– Oui, enfin, ça semble simpliste… j'imagine qu'il faisait aussi pénitence et tout ça, les saints c'est toujours des doloristes.

– Ah oui, reconnut Yvonne, c'était un grand ascète. À tel point que saint Bruno devait lui interdire d'en faire trop.

– Voilà.

– Non mais attendez, objecta Marlène qui jouait avec sa cigarette intacte entre ses doigts, on parle de quel siècle là ?

– Le XIIe siècle, répondit la doyenne.

– C'est une période un peu extrémiste, non ? Mais si on regarde la Bible, on se dit qu'on n'a pas grand-chose à prouver à Dieu. On n'a pas à se flageller, il suffit d'un petit geste parfois et Il se laisse toucher. Il n'attend que ça, en fait. Le Fils prodigue, est-ce qu'il a fait pénitence ? Est-ce qu'il s'est couvert de cendre et a marché sur des clous ? Il avait faim, il faut s'en rappeler quand même. Il n'y a pas plus intéressé, il voulait manger. Il prépare un discours, hypocritement, pour faire bien, pour obtenir ce qu'il veut… c'est pas que ce n'est pas sincère, c'est carrément de la manipulation. Mais le Père le prend dans ses bras sans demander plus. Et la femme adultère, et le paralytique, ils ne demandent pas pardon, ils ne se frappent pas la poitrine, ils sont juste là avec leur honte ou leur désespoir, ou leur désir de guérir, je sais pas… comme nous, quoi. Non ?

– Peut-être, dit Yvonne.

– Je ne sais pas, mais moi, j'ai ma théorie, glissa Marlène en observant du coin de l'œil son curé, dans l'hésitation de formuler devant lui une hérésie : les saints du dernier souffle et du dernier battement de cœur. Dieu est toujours prêt… même dans les quelques millièmes de secondes avant sa mort, si on se jette dans ses bras, Il est là. Et il faut être sacrément saint pour dire oui à Dieu après une vie sans Lui.

Avant que Luc n'ait eu le temps de revenir sur la définition de saint, entrèrent derrière eux Pauline et deux autres filles de l'aumônerie, pour préparer la messe de la chandeleur qui serait suivie d'une soirée crêpes.

– On va s'installer dans la petite salle de réunion, indiqua Luc en notant que Pauline avait buté sur le paillasson, se rattrapant de justesse.

L'étudiante rougissante venait de reconnaître le jeune homme aux cheveux en bataille qu'elle avait croisé plusieurs fois ces derniers temps à Saint-Hugues. Il semblait un parti idéal, visiblement très priant et très engagé dans la paroisse…

Samuel, de son côté, arriva en retard à la rédaction. Il essaya, par des efforts louables, de s'introduire dans son bureau sans que personne ne s'en aperçût. Il passa en rampant à la réception où il n'y avait pas âme qui vive, évita avec succès la machine à café autour de laquelle tournaient deux consœurs, fit un détour ingénieux pour éviter le couloir du rédac chef. Mais c'était sans compter sur Stéphane, qui l'attendait les bras croisés, assis sur son propre siège.

– Tiens, le voilà… OKLM.

Samuel lui fournit son explication d'une traite :

– Cas de force majeure : un impératif-urgent-de-dernière-minute auquel il m'était impossible de me soustraire.

– Tu crois que tous ces mots ensemble, ça t'excuse ? Me dis pas que t'étais encore avec ton curé.

– Pas tout à fait, relativisa le reporter.

– Bizarre cette réponse sibylline. T'en es où de ce reportage ? Tu découvres ta vocation et tu es en passe de devenir aussi illuminé que Domitille ?

Une voix surgit de l'autre côté de la fine cloison dans laquelle se découpait une porte entrouverte.

– On parle de moi, là ?

– Ouais.

On entendit une chaise rouler, des bruits de pas… La porte s'ouvrit largement, laissant apparaître une jeune trentenaire blonde arborant un tee-shirt où il était inscrit « Je suis venu, j'ai vu, Jésus ».

– Qu'est-ce que je disais, soupira Stéphane.

– T'inquiète, le rassura Domitille, ça, c'est juste parce que j'ai parié avec une copine que je le porterai au boulot…

– Ouf, demain c'est fini.

– … pendant une semaine.

– Non mais ça va pas ?! J'ai une équipe de rats d'église.

– T'es gentil, se défendit Samuel, ne me mets pas dans le même sac. Contrairement à Domi, je n'ai aucune envie de me faire embrigader. Je veux vivre… je ne veux pas d'un Dieu qui me mette face à des limites, ni d'une religion qui me parle de péché et me culpabilise. C'est trop glauque.

– Mais WTF… commença sa collègue.

– Non, avertit Stéphane, ne la branche pas là-dessus.

– C'est quoi ces idées d'arrière-garde ? enchaîna Domitille. Je n'ai jamais autant vécu ma vie que depuis que je crois en Dieu, j'ai compris ce qu'était la liberté.

– Trop tard… Je te laisse de dépêtrer avec tout ça, Sam. Ton bureau a intérêt à être le dernier allumé ce soir.

Stéphane les quitta en haussant les épaules, largement dépassé par ce galimatias.

– Alors, c'est quoi la liberté ? poursuivit Samuel d'un ton railleur. C'est suivre la volonté de Dieu ? Paie ta bonne nouvelle.

– La volonté de Dieu… c'est mon bonheur. Dieu n'est pas un gourou ni un geôlier, c'est un ami. Dans ma vie, il ne me dit pas : « Fais ceci ou fais cela », pas du tout, il me dit : « Fais ce que tu veux, je voudrais que tu sois heureuse. »

– Et quand tu te plantes ?

– Là il me dit : « Relève-toi. Recommence. Tu peux mieux. Tu vaux mieux. » Il me répète, encore et encore : « Vas-y. Sois heureuse. Tu as de grands rêves, de beaux rêves ? Vis-les. Vis à fond. »

Domitille avait les yeux brillants et du rose enjoué avait coloré ses pommettes.

– Steph a raison, tu es illuminée, grommela son collègue. Et tu prends Dieu pour un *super-coach*.

– *Lève-toi et marche*. Ce n'est pas moi qui le dis, c'est Lui. Ça ne te convainc pas ?

Samuel allumait son ordinateur, installait son enregistreur, cherchait son stylo fétiche.

– Non. Mon problème actuel, c'est que je ne dois pas me lever, je dois m'asseoir.

– Ça va, marmonna Domitille… je te laisse bosser.

À Saint-Hugues, pendant tout le reste de la journée jusqu'au soir, Luc Le Goff fut submergé par des soucis matériels, des erreurs de dates, des désaccords où il était pris pour arbitre... sans parler des nouvelles accablantes des crimes commis au sein de l'Église, venant ternir un peu plus l'image du prêtre, qui n'était déjà pas très reluisante au pays des Lumières. Alors, puisque Claude Bouvet croyait encore aux miracles, Luc décida de faire encore un petit pas, un tout petit pas, avec ses brebis. Avant la nouvelle assise pour poursuivre le défrichage du chantier évangélisation, il les convoqua à une prière d'invocation à l'Esprit Saint. En définitive, c'était la bouée de la dernière chance. Si la troisième personne de la Trinité elle-même n'y pouvait rien, il n'y avait plus qu'à abandonner.

VII

Ce même soir, Samuel sortit du travail un peu tardivement, avec un besoin radical de détente – Stéphane avait été odieux, comme un rédac chef digne de ce nom.

« On se mate un film ? » textota-t-il à son frère.

« Je peux pas, je pars à la prière. Tu viens ? » répondit Grégoire.

« Ça va pas ? Che prière ? »

« À la paroisse, pour l'évangélisation. »

« Encore ? Vous ne guérissez jamais de votre réunionite aiguë ? »

« C'est une prière, pas une réunion. Allez, viens, c'est bon pour ce que t'as 😉. »

« Très peu pour moi. »

« T'as peur de te convertir ? C'est dangereux les prières, hein. »

« 🙄 »
« OK. Tu balises… »
« Gros délire. J'apporte mon pop-corn. »

En ce début de carême, mi-février, beaucoup vinrent à cette prière qu'ils considéraient comme un effort personnel adapté à ce temps de « Pas de gloria, pas de chocolat ». Arrivaient à nouveau ces quarante jours au désert, que l'on commençait en soupirant *in petto*, la question du jeûne étant la plus épineuse : le jeûne alimentaire pouvait-il être remplacé par des jeûnes divers et variés – prosaïquement, jeûne de cigarette et de télévision –, gagnait-on autant de points si l'on dînait le vendredi mais que l'on se privait de son plaisir préféré, tel était le débat hautement théologique, chaque année.

Une nouvelle fois, on était donc là, réunis en petit troupeau. Il y avait tous les piliers d'église, au sens propre comme au sens figuré, ces derniers – les plus mobiles – étant rassemblés devant le chœur où le cierge pascal luisait, tout diminué qu'il fût. Quelques enfants étaient également présents, qui s'amusaient à faire flotter leurs cheveux et leurs vêtements sur la soufflerie du chauffage, en marchant sur les grilles du sol.

– Bienvenue à tous, salua Luc, qui s'était mis au milieu d'eux avec le micro sans fil. Si nous sommes réunis ce soir, c'est pour nous remettre au Maître de l'évangélisation, l'Esprit Saint. Il est souvent le grand oublié, et aussi le grand incompris, parce qu'*il souffle là où il veut*, déroutant toute règle… Quand il agit, il le fait de façon si délicate, si subtile, si inattendue, que nous ne le reconnaissons qu'après sa venue, à son sillage, quand il a fait son œuvre. Nous ne pouvons pas affirmer : « Regardez, c'est l'Esprit Saint »… non, on peut seulement reconnaître que « c'était Lui », on ne le comprend qu'en voyant son œuvre, on ne le salue qu'à son départ. Il ne force pas la nature, il l'épouse, il parle à travers la vie, il la respecte et la transcende, s'exprimant dans un passage effacé, que l'on remarque alors qu'il est déjà de dos, soufflant sa prochaine œuvre. Tournons-nous donc vers l'Esprit Saint, incognito, insaisissable. Adressons-nous à lui en nous souvenant que, même si notre programme d'évangélisation était techniquement parfait, sans lui, il ne se passera rien dans les cœurs.

Après cette introduction qui en intrigua plus d'un, ils chantèrent de tout leur cœur de beaux chants pleins de vie, que Samuel se surprit à apprécier.

Le père Luc formula une prière : « Esprit Saint, Âme de notre âme, façonne-nous à ton modèle, afin que, comme toi, nous soyons là où nous devons être. Fais nous marcher sur tes pas, agir avec constance et humilité, et qu'à ta lumière nous servions le monde même si nous ne sommes pas sur le devant de la scène… Donne-nous tes sept dons : une sagesse qui ne s'impose pas mais qui patiente ; une intelligence qui ne s'enorgueillisse pas mais qui s'agenouille ; une science qui ne contrôle pas mais qui se mette au service ; une force qui n'écrase pas mais qui relève ; un conseil qui ne contraigne pas mais qui libère ; une piété qui ne s'accoutume pas mais qui s'émerveille ; une crainte qui ne paralyse pas mais qui hâte le pas. »

On pria à voix haute, chacun à sa façon, dans une simplicité confiante. Puis le curé donna la bénédiction finale : « … au nom du Père, du Fils, et du Saint-Esprit. »

Et là… un bruit strident se déclencha dans l'édifice. Sursaut général dans l'assemblée, panique des enfants, palpitations des plus âgés. Une sirène, dont le mugissement rebondissait sur les pierres, leur perçait les tympans.

– L'alarme ! hurla quelqu'un tandis que tous se bouchaient les oreilles.

On ne s'entendait plus ; certains faisaient des gestes incontrôlés, tous se regardaient avec stupeur ; pourquoi cette alarme alors qu'aucune fumée n'était en vue ? Le père Luc se précipita à la sacristie avec Michelle Meunier pour tenter de stopper l'épouvante pendant que les paroissiens sortaient à la sauve-qui-peut, les femmes et les enfants d'abord, arrachant leurs sacs et leurs manteaux déposés sur les bancs, afin de retrouver un volume sonore tolérable.

Samuel pleurait de rire. Entre le boucan, les têtes ahuries, la cavalcade, cela avait été si incongru. La réponse de l'Esprit Saint était retentissante. La petite foule forma sur le parvis un attroupement d'abord sonné, puis incrédule, puis amusé... Quand le curé ressortit, des rires concluaient cet incident inexpliqué. On essayait des jeux de mots du style « c'était alarmant » ou « il ne faut pas céder au chant des sirènes ».

– Le détecteur doit être devenu si sensible qu'il s'est réveillé à cause de la combustion du cierge, hasarda Michelle.

Des questions fusèrent :

– Est-ce que le système appelle automatiquement la police ?

– Faut-il faire vérifier l'église par les pompiers ?

– Est-ce qu'on ne peut pas penser à un attentat ?

– Et si c'était du monoxyde de carbone ?

– Je ne pense pas, les rassura le père Luc à chaque hypothèse.

Sam donna une claque dans l'épaule de Grégoire :

– Merci pour ce divertissement, mais ce n'est pas encore avec ça que je vais écrire un reportage...

– Ça viendra, homme de peu de foi.

– Euphémisme.

Goguenard, le reporter se pencha sur son vélo cadenassé à une barrière du parking, tentant d'ouvrir la chaîne malgré ses doigts engourdis par le froid. Il l'enfourcha et partit à vigoureux coups de pédale, échappant de peu à Diane Moretti. Le bec dans l'eau, la responsable de la catéchèse restait là les bras ballants, déçue de n'avoir pu fixer de date d'interview, quand elle entendit une voix surgie de nulle part :

– Vous voilà enfin sortis ?

Elle redressa la tête, intriguée par le ton interpellant. Une femme se tenait devant le groupe, sous le réverbère qui éclairait le parvis. Relativement grande, élancée dans un long manteau qui l'enveloppait, les cheveux d'un blond polaire, les yeux gris perle éthérés, on ne pouvait lui donner d'âge. Sa question prononcée avec autorité avait attiré l'attention : les regards se tournèrent vers elle, interrogateurs. Les Jacquemin, qui comme d'habitude, avaient commencé à s'éloigner pour garder la tête de peloton du départ, se rapprochèrent.

– Il fallait l'alarme pour vous décider ? questionna la femme avec un léger sourire.

Hubert exprima la méfiance qui naissait unanimement :

– C'est une blague ? C'est vous qui l'avez déclenchée ?

Sans se départir de son sourire indéchiffrable, la femme ne répondit pas à l'accusation. Elle demanda simplement :

– Et maintenant, que va-t-il se passer ?

Elle s'exprimait sans hausser le ton, d'une voix que chacun pouvait entendre, à la fois calme et ferme.

– Pardon ? demanda quelqu'un.

– Vous êtes dehors, c'est un premier pas. Quelle est la prochaine étape ?

Il y avait dans l'attroupement quelques gestes d'hésitation, d'incompréhension. On tenta de répondre, de façon éparse :

– Euh.

– Ben.

– On rentre chez nous.

– On participait à une prière, expliqua un autre à tout hasard.

La femme, dont le maintien en impressionnait plus d'un, hocha noblement la tête.

– Oui. Et la prière n'est pas tranquillité, elle est charité.

Dans la pénombre, Luc Le Goff fronça les sourcils, songeur. Il avait déjà entendu cette expression quelque part…

Autour de lui, saisis, les paroissiens n'osaient bouger.

– Votre prière est-elle charité ? demanda la femme.

– On essaie, répliqua une voix timide.

Elle répliqua posément :

– Par quoi allez-vous commencer ?

Silence incommodé. S'animant, elle poursuivit, avec des gestes de la main imposant leur force tranquille :

– Qu'attendez-vous ? Vous avez pourtant un chemin tout tracé.

– Quel chemin ? répéta Yvonne.

– Celui du Maître. Il a mangé à la table des prostituées, chassé les marchands du temple, embrassé les lépreux… Et vous, quand ferez-vous cela ? Quand guérirez-vous les paralytiques et ressusciterez-vous les morts ? Quand votre foi déplacera-t-elle les montagnes ? *Celui qui croit en moi fera les œuvres que je fais. Il en fera même de plus grandes*… Le voit-on ici, à Saint-Hugues ?

Le désarçonnement était complet dans le troupeau en rang resserré. Bouche bée, Grégoire écarquillait les yeux. Ça, c'était du grand spectacle, en cette nuit d'hiver où l'on oubliait la morsure du froid.

– Les premiers chrétiens partageaient tous leurs biens, chantaient en langue, guérissaient au nom de Jésus, avaient des songes, des visions… Quand vous déciderez-vous à vivre comme eux ? Avez-vous relégué cela à de simples légendes ou à des fioretti irréalistes ? Quand accepterez-vous de vous mouiller, de vous jeter à corps perdu, de quitter vos douillets canapés, de sortir de la peur et des sécurités ? Quand choisirez-vous le feu à la place des courants d'air ? Quand vous mettrez-vous à transformer l'eau en vin ? Quand oserez-vous enfin vivre ce que vous priez ?… Viens Seigneur Jésus, oui, mais pas trop près… Que ton nom soit sanctifié, oui, mais pas trop fort… Que ton Règne vienne, oui, mais pas tout de suite… Que ta volonté soit faite, oui, mais surtout qu'elle ne nous dérange pas trop…

La femme était d'autant plus impressionnante qu'elle regardait tour à tour chacun, au fil de ses paroles.

– Vous avez des yeux, mais vous ne voyez pas ; des oreilles, mais vous n'entendez pas. Ce soir, Christophe est alité avec la grippe depuis trois jours. Personne ne l'a remarqué, aucun frère n'est venu se pencher sur lui. Ce soir, Sarah est restée au fond de l'église. C'est une jeune fille timide, qui s'est assise dans les derniers bancs et qui est partie tôt parce qu'elle se sentait seule et que personne ne l'avait accueillie. Dans sa solitude blessée, elle ne reviendra jamais. Ce soir, Désirée ferme avec accablement sa caisse au supermarché. Elle porte le nom de sa grand-mère des îles, qu'elle pense avec désespoir ne pas mériter. Depuis son arrivée en ville pour un travail ingrat sous la coupe d'un chef abusif, elle se voit l'Indésirée, la rejetée, la méprisée. Ce soir, Christelle pleure sur un trottoir. Elle est enveloppée dans un châle trop fin sur ses épaules dénudées, elle s'est maquillée d'une main tremblante, ses jambes flageolent sur ses talons. Ses larmes de détresse coulent et aucune main, aucun cœur n'est là pour les sécher. Ce soir, dans les rues, Jules et Sacha sont abordés par le gang des Tatoués, pêcheurs corrompus d'adolescents désœuvrés. Première mission, premier larcin, préludant une enfilade de trafics, rétorsions et rébellions. Ce soir, le visage fripé de Régine se figera dans son fauteuil rongé par les mites, devant la télévision allumée, au son des seules voix qu'elle a entendues depuis des jours. Ce soir, Cédric n'a qu'un gobelet vide, un duvet humide, un carton déplié et son chien Tango pour le réchauffer. Ce soir, violente et fatale sera la dispute de Farid et Samira, gagnés par la frustration de leur galère avec trois enfants et un chômage persistant. La Cité crie pour être écoutée. La Terre hurle pour être comprise. Y répondrez-vous ?

Plusieurs sentiments se côtoyaient chez les paroissiens et leur pasteur, qui écoutaient avec un mélange de stupeur et d'incompréhension. Ils ressentaient une légère honte, mais surtout du dépit, de la vexation, un instinct de résistance, une contestation diffuse... On commençait à regimber.

Monique et Hervé étaient agacés par cette litanie qui ne les concernait pas : ils étaient eux-mêmes très engagés, avec du bénévolat au Secours catholique, de l'alphabétisation auprès des familles immigrées, un soutien fidèle aux alcooliques anonymes. Friperies et dons divers scandaient leur vie généreuse. Les Boivin et les Favre, parents de jeunes enfants, se sentaient dépassés par ces appels : ils avaient suffisamment à gérer avec leur vie de famille et l'éducation de leur progéniture, première fondation d'une société juste. De leur côté, les Trois Maria estimaient que leurs chapelets incessants pour le monde entier étaient déjà une œuvre de salut public – ce que l'on pouvait certainement leur concéder – et d'ailleurs elles trouvaient injuste que Dieu ne se manifestât pas un peu plus en réponse à leurs ferventes supplications. Hubert, chef d'entreprise à l'emploi du temps blindé, avait sa conscience pour lui : c'était un directeur juste, qui payait des salaires honorables, traitait ses employés avec équité et respectait scrupuleusement les congés parentaux. Il avait même privilégié l'embauche de plusieurs personnes qui étaient en chômage longue durée ainsi que d'une femme porteuse de handicap, sur d'autres CV plus conventionnels.

On ne pouvait porter toute la misère du monde, comme le disait justement un politique qui, s'il n'était peut-être pas un saint, était au moins un réaliste, pensait à son tour l'économe Michelle Meunier, qui comptait l'argent mais pas son temps dévoué à la paroisse. Tout résoudre était impossible, il fallait faire sa part petitement, ajoutait par-devers soi Ghislaine, qui correspondait avec des détenus en prison pour adoucir leur isolement.

Comme si elle lisait clairement leurs pensées informulées dans le silence réticent, la femme prit à nouveau la parole :

– Désirée, Christelle, Régine, Cédric, Jules et Sacha, Farid et Samira… ce ne sont pas des âmes éparpillées, citées au hasard pour illustrer la toile de misère tissée sur cette ville. Toutes ces personnes ont en commun d'être passées par Saint-Hugues. Tous sont venus à un moment ou à un autre, ils vous ont côtoyés, et ils n'ont pas rencontré Jésus. Ils ont vu des visages maussades ; ils ont vu des attitudes crispées ; ils ont été regardés avec jugement ; ils ont senti des tensions, de la malveillance. À Saint-Hugues, ils cherchaient de la lumière, ils sont restés dans la nuit ; ils cherchaient de la chaleur, ils ont eu froid. Ils sont repartis, ils se sont lassés, parce qu'ils n'avaient plus de vin et qu'ici, ils n'ont trouvé que de l'eau.

La stupeur était à son comble, cependant que les paroles se firent singulièrement murmure et éclat :

– Saint-Hugues, paroisse de pierre quand deviendras-tu un foyer embrasé ?

La voix se tut, parce que la femme, passant au milieu d'eux, ou pas, avait disparu.

VIII

Le réverbère était toujours allumé au-dessus du petit parvis, toutefois il semblait qu'une lueur s'était estompée. Sonnés, les paroissiens quémandaient des explications auprès de leurs voisins tout aussi quémandeurs. Qui était cette femme ? Qu'est-ce que cela signifiait ? De quoi parlait-elle et avec quelle autorité ? Les questions s'échangeaient sans recevoir de réponse. On émit des hypothèses, et comme il se faisait tard et qu'une bise glaciale soufflait, on se sépara sur ces interrogations remuantes.

***

Frissonnante en s'engouffrant dans leur Peugeot, Monique Jacquemin claqua la portière et tâtonna pour trouver la ceinture.

– Tu sais, Hervé, c'est quand même drôle… dans mon petit supermarché bio, je crois qu'une caissière s'appelle Désirée. J'ai entendu sa collègue l'appeler une fois comme ça, j'ai trouvé que c'était un beau prénom.

– Ah ? répondit son mari en démarrant. Elle est des îles ?

– Je crois, oui. Une charmante métisse, mais elle ne sourit jamais. Je devrais l'aborder et chercher à discuter.

– Tu penses que c'était elle ?

Songeuse, Monique baissa la voix.

– Je n'en sais rien. Tu crois que c'est possible ?

***

La prière n'est pas tranquillité, elle est charité… Dans le vide retrouvé de la place, le père Luc consulta sa montre. 22 h 51. Il contourna l'église, rejoignit la rue Edmond Michelet, la traversa, prit l'impasse des Genêts, leva la tête pour scruter la façade grise. La lumière au deuxième étage était allumée, Christophe était réveillé. Il poussa la porte sans code et grimpa l'étroit escalier de bois quatre à quatre. Toc-toc. Il entendit quelqu'un tousser, se lever, venir à la porte qu'il ouvrit.

– Oh, p… père Luc, vous… zêtes là, bredouilla Christophe.

– Alors, Christophe, comme ça, tu es malade ?

Christophe était hirsute, certes, débraillé, certes, décalqué, certes, mais immensément touché de cette venue impromptue. Le père Luc venait lui rendre visite à lui tout spécialement. Il referma la porte avec fierté derrière le curé.

– Ne reste pas debout, recommanda Luc, qui avait des réflexes de soignant, probablement à cause de son saint patron. Tu as ce qu'il te faut ? Tu as besoin de quelque chose ?

Christophe se rallongea :

– Je veux bien manger. Je n'ai rien mangé depuis plusieurs jours.

Luc lui prépara un plat simple que le malade consomma avec reconnaissance, puis s'assit à côté de lui. *La prière n'est pas tranquillité, elle est charité.* Les mots de la femme lui revenaient, et il savait désormais où il les avait entendus : dans la bouche du pape François.

– Tu veux qu'on prie ensemble, Christophe ?

– Oui, oui, s'empressa-t-il de répondre. Regardez, j'ai un crucifix, ici, au-dessus du lit. Quand je suis malade, je le regarde, comme cela j'ai l'impression d'être moins seul.

Luc acquiesça.

– Avec Lui tu n'es jamais seul, Christophe. Et avec nous non plus, dans la paroisse. Il ne faut pas hésiter à nous appeler quand tu es malade.

– Merci, Père.

Le curé lui posa une main sur l'épaule.

– C'est moi qui te remercie, Christophe.

Dans cette petite chambre de malade, dans cette prière simple auprès du simple Christophe, Luc retrouvait la paix et la joie, avec le sens profond de sa vocation.

***

Les Trois Maria rentrèrent chez elles aussi rapidement qu'elles le purent, de leur claudication attitrée. Elles ne parlèrent pas beaucoup, marmonnant seulement quelques mots en portugais, que l'on pourrait traduire par : « Il fait froid – Oui, très froid – J'espère que demain il fera moins froid – Holà, que le vent est froid. » Après ces échanges instructifs, du moins pour un thermomètre, elles se turent à nouveau jusque chez elles. Les Trois Maria vivaient dans une vieille maison de village, coincée entre deux immeubles. Il aurait fallu réhabiliter la toiture, qui protégeait de la pluie de façon non uniforme, et la façade lézardée. Mais avec trois maigres retraites et le prix exorbitant des taxes, on ne pouvait pas faire des merveilles, pensaient les sœurs qui étaient si économes qu'elles auraient pu faire construire trois coquettes maisons avec leur épargne. Amelia eut un sursaut : en face, de l'autre côté de la rue, était postée une femme aux talons aiguilles et aux épaules recouvertes d'un châle. Elle ne voyait pas clairement s'il était trop fin pour la saison, mais elle poussa Carmen du coude.

– Qu'est-ce qu'il y a ? bougonna sa sœur.

– Regarde, là-bas, dit Amelia d'une voix blanche.

Carmen suivit la direction du doigt.

– Elle est réelle ou c'est une apparition ? demanda-t-elle avec stupéfaction.

La question était justifiée, les phénomènes surnaturels composant depuis longtemps la matrice de leur existence. La troisième, Maria – il en fallait au moins une qui portât ce nom –, avait le plus d'esprit d'initiative.

– On devrait aller voir.

Comme les deux autres semblèrent de son avis, elle dut ouvrir la marche, prise à son propre piège. Les Trois Maria traversèrent le passage piéton à petits pas, se bousculant et se soutenant les unes les autres, sans savoir encore ce qu'elles allaient faire. En se rapprochant, elles virent que la femme était secouée de larmes.

Se consultant mutuellement, elles y allèrent à tâtons.

– Chri… Christelle ? risqua Carmen.

La femme leva la tête et les fixa avec terreur. Elle aurait voulu partir en courant, mais elle n'en avait même plus la force.

– Co… comment savez-vous mon nom ?

– Un ange nous l'a dit, expliqua tout bonnement Amelia.

Les Trois Maria ne craignaient jamais les choses de l'au-delà. Elles appelaient un chat un chat et un ange… un ange. C'était aussi simple que cela. Christelle, qui connaissait un peu moins ce domaine, resta interloquée.

– Venez chez nous pour la nuit, proposa Maria. Nous habitons juste en face. Il fera plus chaud.

– Je… je ne peux pas… résista Christelle. J'ai un bébé.

– Ah. Il s'appelle comment ?

– Abel.

Les Trois Maria approuvèrent ce joli prénom.

– Où est-il ? questionna Carmen.

– Chez une amie qui nous loge.

– C'est grand ?

– C'est un studio, on est plusieurs.

– Allez le chercher. Venez avec lui. Il y a de la place chez nous.

Comme l'hésitation de Christelle ne flanchait pas, Maria se campa devant elle, et assura de toute sa force, qui était heureusement bien plus grande que sa stature :

– Christelle, nous ne vous laisserons pas tomber, vous et votre enfant.

– On va être un poids, bredouilla encore la jeune femme.

– Mais non. Ne cherchez pas des cornes sur la tête d'un cheval, maugréa Amelia à la manière du pays.

Plus tard, beaucoup plus tard, tandis que leur hôte et son enfant étaient installés dans une chambre, les Trois Maria se retrouvèrent en conciliabule, se regardant, muettes, dans le blanc de leurs yeux déconcertés. Elles ne savaient au juste quel diable… pardon, quel ange, les avait embarquées dans cette aventure. Elles ne savaient pas non plus si elles seraient à la hauteur. Elles savaient juste une chose : elles s'étaient engagées, et ce n'était que le début.

Et puis… peut-être l'ange veillerait-il…

***

Charles de Boivin avait honte. Il connaissait parfaitement un nom cité par la femme mystérieuse, et ce n'était pas le nom d'un être humain, mais celui d'un animal : Tango, le chien du SDF aux cheveux longs qui errait et couchait dans les rues de son quartier du centre. Charles passait devant eux le matin et le soir, en partant et en rentrant du travail. Il s'arrêtait parfois et échangeait quelques mots, donnait une pièce, un café, caressant le chien, pensant se rapprocher du maître par ce geste affectueux. Il lui avait même demandé le nom de l'animal, sa race, son histoire. Mais jamais il n'avait demandé celui du SDF, ni son origine. Il n'y avait pas eu de vraie rencontre.

Ce constat faisait l'effet d'une gifle à Charles, qui pensait faire de son mieux. Non, il ne faisait pas de son mieux, il s'arrêtait aux abords faciles : le chien, qui dispensait d'aller jusqu'à l'homme. Ne faisait-il pas souvent cela, dans ses relations ? Choisir des sujets de surface, intellectuels, un peu brillants, un peu mondains, qui évitaient de poser les vraies questions, d'ouvrir son cœur, de prendre le pouls des réels besoins d'autrui.

Pour la casuistique, Charles était très fort. Débattre, il le pouvait. Quelques belles citations, quelques paroles profondes… Mais comment cela se traduisait-il dans sa vie ?

Colombe se réveilla à demi, quand il farfouilla dans l'armoire de la chambre.

– Charles ? appela-t-elle d'une voix ensommeillée. Tu es rentré ?

– Je ne fais que passer, je ressors.

Sa femme se dressa :

– Quoi ?

Son réveil qui clignotait, sur la table de nuit, lui indiquait que ce n'était pas une heure catholique.

– Je reviens, je te raconterai, promit Charles. Où sont les couvertures ?

Il ne savait jamais où étaient rangées les affaires dans cet appartement. Encore une façon de se dédouaner de ces détails prosaïques sur sa femme.

– Tout en haut de l'armoire. Quelqu'un a besoin de couvertures ?

– Cédric.

***

Hubert ne perdait jamais son temps. C'était un homme efficace, dont l'entreprise allait florissant sous sa conduite. De retour chez lui, il savait exactement ce qu'il voulait faire. Il s'assit devant son bureau, ouvrit son ordinateur et sa boîte professionnelle, fouilla dans ses dossiers de demande de stage. Il éplucha méthodiquement les listes de jeunes adolescents qui lui étaient parvenues par leurs lycées professionnels. Il était sûr d'avoir vu le nom Sacha quelque part, car, peu rompu aux modes des prénoms actuels, il s'était demandé s'il s'agissait d'une fille ou d'un garçon.

Bingo.

Sacha Cali.

Jules Monet.

Déterminé, il imprima les formulaires d'acceptation, qu'il remplit de son écriture serrée, puis signa résolument. Deux nouveaux stagiaires dans son entreprise, sur lesquels il aurait un œil vigilant. Pour eux, il ne se contenterait pas des remarques distantes et générales sur un rapport qu'il n'avait en général pas le temps de lire. Bannis les lapidaires « Peut mieux faire » et les « A su mettre à profit son stage ». Il faudrait plus.

***

Ce soir, le visage fripé de Régine se figera dans son fauteuil... Les yeux de Clémence Perrot se mouillèrent. Il y a deux ans, pendant l'hiver, sa propre mère était morte ainsi, seule, dans son appartement. Elle l'avait visitée quelques jours auparavant, elle avait dit « à bientôt », mais il n'y avait jamais eu de « bientôt ». Elle aurait voulu être là, pour lui tenir la main, lorsqu'elle avait rendu son dernier souffle. Pour des raisons d'organisation, de place, Clémence n'avait pas pu prendre sa mère chez elle et elle ne se l'était jamais pardonné.

Elle ne pouvait rien non plus pour Régine, qu'elle ne connaissait pas.

Ou pouvait-elle quelque chose ? Seigneur, puis-je quelque chose ? Peux-tu quelque chose ?

Le cœur lourd, elle se tourna vers lui… Il était mort sur une croix, condamné, calomnié, rejeté, renié y compris de ses plus proches, de ceux qu'il aimait. Il avait connu la pire des dérélictions : *Mon père, pourquoi m'as-tu abandonné ?*

Clémence ne priait que rarement, elle n'avait pas le temps. On l'admirait souvent pour son attitude à la messe, son recueillement parfait à l'adoration, sa maîtrise du chant qui faisait entrer l'assemblée dans l'intériorité… mais elle savait bien, elle sentait bien que ce n'était qu'une posture. Derrière les apparences priantes, il y avait… une certaine vacuité. Elle savait porter le masque de la piété, quant à tisser un lien avec Dieu en descendant dans l'intime de son cœur, c'était autre chose.

Seigneur, je suis impuissante, mais laisse-moi être une petite flamme auprès de Régine.

Clémence résolut de faire dire une neuvaine de messes pour cette âme oubliée. Pardon, Régine, au nom de l'humanité. Que les anges t'accompagnent, dans ce dernier passage.

***

– Ça y est, tu es rentrée ?

Jean-Marie terminait son film du soir. Parfois, Diane trouvait paradoxal d'être la responsable du catéchisme avec un mari aussi mécréant. Il n'allait pas à l'église. En revanche, s'il avait un souci au travail, il lui demandait immanquablement : « Prie pour moi. » Reléguait-il les dévotions aux femmes ? Au fond, Diane le soupçonnait de ne pas se sentir digne de s'adresser à Dieu quand il y pensait, puisqu'il faisait sa vie sans lui le reste du temps.

Elle se dirigea droit vers la cuisine, où son mari la trouva, s'activant devant le plan de travail couvert de farine, d'œufs, de levure, de sucre, un rouleau à pâtisserie entre les mains, le four à gaz flambant.

– Je vais me coucher annonça-t-il… mais… qu'est-ce que tu fais à cette heure-ci ?

– Un gâteau pour les voisins.

– Quels voisins ?

– Farid et Samira.

Jean-Marie ouvrit des yeux ronds.

– C'est qui Farid et Samira ?

Il ne pouvait pas savoir. Mais Diane, elle, avait scruté leur nom sur la boîte aux lettres, quand ils étaient arrivés. Puis son intérêt n'était pas allé au-delà de cette boîte aux lettres. Si elle les avait croisés dans les escaliers, elle les avait certainement salués poliment, de loin, de si loin qu'elle ne gardait aucun souvenir de leur physionomie.

C'était un fait, Diane versait facilement des larmes pour les déplacés du bout du monde et ignorait ses propres voisins. Pire qu'ignorer, elle les évitait. Les bruits de talon, les clefs dans les serrures, ne devenaient jamais des visages.

***

Tourneboulée. Yvonne avait toujours trouvé ce mot désopilant à lire dans les pages d'un roman. Néanmoins, elle ne l'avait jamais vécu avant ce soir ; elle comprenait enfin sa signification de l'intérieur. La doyenne avait toujours été satisfaite de sa participation active dans la paroisse. Elle était membre de l'EP, on comptait sur son humour pour faire pétiller n'importe quelle réunion. Et son grand âge ne l'empêchait pas d'être de toutes les initiatives, avec en prime les hommages admiratifs. « J'aimerais être aussi bien conservée que vous », « Quel est le secret de votre jeunesse éternelle ? »

Yvonne était tourneboulée, parce qu'elle se sentait spécialement concernée : Yvonne raffolait des ragots. Elle ne se contentait pas de les écouter, elle les semait. Quelques anecdotes par jour ne faisaient de mal à personne, se disait-elle avec indulgence, c'était le suc de la vie. Sitôt dit, sitôt oublié. Mais... elle réalisait qu'elle avait beaucoup, beaucoup attaqué Marlène, la secrétaire du curé. Yvonne n'avait jamais aimé cette femme en blouson de motard, dont les manières peu féminines et la propension à fumer la heurtaient. Alors, elle avait largement contribué à répandre parmi les seniors une certaine animosité envers ce personnage. Elle avait aussi participé généreusement à la réputation de tyran de la responsable du caté Diane Moretti : elle n'avait perdu aucune occasion de rapporter avec force indignation ses paroles sèches ou ses décisions péremptoires.

Ils ont vu des visages maussades ; ils ont vu des attitudes crispées ; ils ont été regardés avec jugement ; ils ont senti des tensions, de la malveillance... Quand la femme avait prononcé ce dernier mot, elle l'avait regardée, elle, Yvonne, elle en était sûre.

***

Le portable de Grégoire sonna comme il garait sa voiture dans leur garage.

– C'est Sam, dit-il laconiquement à sa femme.

Il éteignit le moteur et décrocha.

– Oui ?

– T'as pas vu des gants sur le parking ? Je crois que j'ai oublié les miens, j'ai les doigts gelés.

– Mmm… Pourquoi ça ne m'étonne pas ? T'es bien le seul qui peut parler de ses gants après ce qu'on a vu, comme si de rien n'était.

– Tu t'es pas encore remis de l'alarme ?

– …

– J'ai raté un truc ?

– T'étais pas là ?

– Tu parles de quoi, au juste ? de la prière ?

Désemparé, Grégoire se tourna vers Élisabeth, la prenant en aparté :

– Comment il se débrouille, lui ? Il se passe un truc énorme et il n'est pas là…

– Qu'est-ce qui s'est passé ? questionna son frère à l'autre bout du fil.

– Une femme… enfin un messager… une apparition… enfin j'en sais rien…

– Quoi ? Répète-moi ça intelligiblement : tu as vu une *apparition* ?

– Je n'en ai aucune idée… une femme étonnante qui nous a pris à partie… elle a parlé de notre paroisse avec une certaine… lucidité.

– Ça ne veut pas dire que c'est une apparition. Tu m'inquiètes.

– Je ne sais pas ce que c'était. Et je n'ai pas tout compris. Ça reste assez mystérieux…

– Tu es sûr que tu n'as pas rêvé ?

– On l'a tous vue et entendue.

– Rêve collectif, fit Samuel. Ça existe.

Enfin, le terme technique c'était « délire ».

– Elle semblait nous connaître, poursuivit Grégoire. Elle nous a parlé de personnes qui nous entourent… et elle a dit une phrase qui ne cesse de me revenir : *la Cité crie pour être écoutée. La Terre hurle pour être comprise… Y répondrez-vous ?*

– Elle a du style, commenta Sam, encore incrédule.

Si l'envie lui prenait d'écrire avec une telle emphase, Stéphane lui tailladerait son texte à coup sûr.

– Bon, on est arrivés, je monte, à plus Sam.

– Et mes gants ?

Grégoire avait déjà raccroché.

Précédant son mari, Élisabeth fit tourner précautionneusement la clé dans la serrure, pour ne pas réveiller les enfants. La baby-sitter était en train de réviser ses cours dans le salon.

– Merci, Sophie, chuchota-t-elle. Tout s'est bien passé avec les enfants ?

– Oui, ils se sont endormis sans problème. Et vous, comment s'est passée votre soirée ?

– Nous étions à une prière… c'était une soirée étrange, souffla Élisabeth en se tournant vers son mari qui arrivait du garage.

– Étrange, oui, accorda Grégoire en tendant ses honoraires à la baby-sitter.

Sophie rangea ses classeurs dans son sac qu'elle enfila, prenant sous son bras son casque de scooter.

– Au revoir, salua-t-elle avec son sourire frais.

– À la prochaine, dit Grégoire.

– Sophie ? appela doucement Élisabeth. Tu as une sœur qui s'appelle Sarah, n'est-ce pas ? Je l'ai rencontrée une fois, il me semble ?

– Oui, au mariage des Philippe. Elle est très discrète.

– Est-ce que cela te dirait de venir déjeuner dimanche avec elle à la maison ?

– Super ! Je vais lui demander. Elle ne voit pas grand monde, ça lui fera sûrement plaisir.

– Attention, il y a du verglas dans la cour, prévint Grégoire en lui ouvrant la porte.

Sur le seuil, Sophie se retourna une dernière fois :

– Merci pour ma sœur. Elle est en dépression depuis des années, vous savez. Elle n'a plus la foi en rien.

– On sera très heureux de la rencontrer, assura Élisabeth.

Son ton chaleureux ne put dissimuler à son mari qu'elle avait le cœur serré. Il lui enlaça tendrement les épaules et chuchota à son oreille :

– Mon Élisabeth, toujours émue par les afflictions d'autrui.

Elle leva vers lui une mine concernée :

– Je l'ai vue, Grégoire. C'était elle, ce soir, au fond de l'église. Et je n'ai pas osé l'accueillir. Par peur de déranger, ou de sembler indiscrète, je n'ai pas osé lui parler. C'est triste.

– C'est fou que cette femme ait su tout ça. Tu penses que c'était qui ?

– Je ne sais pas... mais je vois bien sainte Geneviève ou sainte Catherine de Sienne s'exprimer comme ça... J'espère qu'il y a encore aujourd'hui de telles femmes.

Le portable de Grégoire vibra dans sa poche.

– Qui est-ce ? s'enquit Élisabeth.

– Encore mon frère.

– Il en dit quoi, de tout ça ?

– Mmm... tu connais Sam.

Il lui montra le SMS qui s'affichait : « OMG Greg ! 😱 J'y pense : tu aurais dû lui demander si c'était le fantôme du Noël présent ou du Noël futur 👻. »

IX

Deuxième effet *kiss-cool* de leur aventure, les paroissiens présents ce soir-là sur le parvis de Saint-Hugues ne pouvaient plus désormais se regarder de la même façon. Le dimanche suivant, ils se retrouvèrent à l'église sur leur trente-et-un et dans leurs petits souliers. On serrait des mains légèrement au hasard, des mains qu'on n'avait pas l'habitude de serrer ; on souriait gauchement à des personnes qu'on n'avait pas pour coutume de saluer ; c'était un brin maladroit, encore hésitant, quelque peu forcé. Il y avait çà et là des amorces de conversation gênées et des gestes d'entrevues timides.

La messe commença dans un silence plus grand que d'ordinaire, quasiment surréaliste.

L'atmosphère était comme en suspens : on attendait, intrigués, l'homélie du curé. Qui croire, que comprendre, comment faire ? Il allait pouvoir éclairer cette histoire.

À l'ambon, le père Luc ressentait fortement cette attente, lorsqu'il s'empêtra dans sa chasuble pour retrouver ses mains et les poser sur l'évangéliaire. Il leva alors la tête pour dévisager son troupeau. Hervé et Monique, à la mine sceptique, depuis leur avant-dernier rang ; les Boivin attentifs au premier rang ; les Favre interrogateurs au deuxième ; la vieille Ghislaine courbée près d'un pilier ; Marlène qui paraissait avoir omis de se peigner ; Christophe souriant ingénument malgré ses quintes de toux ; Diane Moretti qui ne bougeait pas d'un cil de crainte de manquer une virgule dans les paroles du curé.

Luc se concentra sur ses feuilles étalées devant lui. Il avait tracé des mots pour un sermon dont il ne trouvait plus la signification. Il observa à nouveau l'assemblée, où chacun retenait sa respiration. On entendait les mouches voler. Luc s'éclaircit la voix. Il jeta à nouveau un coup d'œil sur ses écrits… IIIe *dimanche de Carême…* sa vue se brouilla, les lettres dansèrent sous ses yeux, le pupitre semblait instable. Il éprouvait une sensation vertigineuse. Il inspira.

– Frères et sœurs, énonça-t-il lentement… aujourd'hui, nous allons prendre cinq minutes de silence pour accueillir et approfondir ce que nous avons entendu au soir de la prière. Cinq minutes de silence, les yeux fermés, pour que l'Esprit Saint nous parle, à chacun, au fond du cœur.

Dans un certain ahurissement, les fidèles s'exécutèrent : on vit des mines concentrées, des mains jointes, des têtes penchées, des essais honnêtes. Intérieurement, il y eut de l'écoute, des réticences, des questions, des distractions, des dialogues… et toutes choses qui resteront le secret de Dieu et des âmes.

Le recueillement marqua la suite de la célébration, qui se conclut par une improvisation de Jacques Tellier à fendiller les vitraux. L'organiste rattrapait le temps perdu après cette célébration tout en retenue.

On parla à nouveau de la soirée étrange, sur le parvis. Des groupes plus larges se formèrent, d'où fusèrent quelques expressions :

– Incroyable.

– Hof.

– Oui.

– On ne peut être sûr de rien.

– Vous savez qu'il y a une voiture qui a été surnommée la poire ? Mais elle ne ressemble pas du tout à une poire.

– Choc post-traumatique.

– Moi je n'ai pas pu réciter le Notre Père comme avant… En fait, je n'avais jamais fait attention aux paroles.

– Pareil pour moi… Je crois qu'avant, je disais quelque chose du genre : *Notre Père, qui êtes aux cieux, là-haut bien loin… restez-y.*

– Est-ce que vous pensez que le père Luc ne fera plus jamais d'homélie ?

Ensuite… ensuite, la vie continua. Mais elle avait pris un cours différent dans lequel chacun se sentait investi.

Les choses n'allèrent pourtant pas de soi, dans la réalité de la pâte humaine. La vieille Ghislaine, notamment, essaya de dépasser ses peurs ancestrales en abordant le sans-abri qui nourrissait les pigeons, à l'angle de l'église. Le dimanche matin, il ouvrait la porte à battants de l'église à ceux qui y entraient, avec un sourire édenté et des ongles noirs qui effrayaient la vieille dame. En semaine, il apportait un petit tabouret, s'asseyait près de la boîte aux lettres de la poste et déchiquetait des morceaux de pain pour les partager avec ses camarades ailés.

Un mardi – elle s'en souviendra toujours – Ghislaine s'avança à son niveau, tremblante :

– Vous n'avez pas trop froid ?

– Ça va, ça va…

– Vous avez un logement pour la nuit ?

L'homme acquiesça.

– Je. Mubarra.

Mubarra ? Ce devait être un nouveau quartier de la ville, ou une rue. Elle ne connaissait pas.

– Vous aimez les pigeons ? hasarda-t-elle.

Quelle conversation… de quoi parle-t-on à un SDF d'habitude ?

– Ça va, ça va, répondit l'homme.

– Quel est votre nom ?

Il mit sa main sur son torse

– Je. Mubarra.

Ah. Mubarra, c'était son nom.

Prise d'un élan incontrôlable, Ghislaine fouilla dans son portefeuille et offrit à Mubarra un billet de 50 euros, geste qu'elle regretta immédiatement et un mois durant. Il fallut que sa sœur la consolât en lui signalant qu'elle n'avait fait que « donner d'un coup ce qu'elle avait gardé de côté pour lui toutes ces années ». En somme, elle avait thésaurisé en sa faveur.

Il y eut d'autres débordements chez ses coreligionnaires : Hervé Jacquemin était si enclin à saluer les visiteurs dans l'église, que sous la pression, il aborda un couple de nouveaux venus en demandant : « Vous êtes du coin ou simplement de passage ? » avant de s'apercevoir qu'il s'agissait des Favre. Élisabeth, qui avait fait des études d'infirmière, émit un diagnostic d'Alzheimer précoce. À partir de ce jour, elle montra encore davantage d'attention prévenante envers lui.

L'animatrice du deuxième dimanche du mois, Chantal Aubry, fit de son côté un pas vers les Boivin, les gratifiant d'une attitude affable après des années d'indifférence due à leurs disparités liturgiques. Prenant les grands moyens, elle invita toute la famille pour un goûter, puis, peu rompue aux présences enfantines, passa l'après-midi à trembler en priant instamment pour qu'aucun des quatre enfants ne brisât sa vaisselle ou ne renversât ses vases. Elle fit même le vœu d'accepter de chanter des hymnes du carnet *Il est vivant !* si son salon ressortait indemne de cette épreuve.

La taciturne Michelle Meunier, qui regrettait de n'avoir jamais ouvert la bouche que pour émettre des bémols, et jamais pour complimenter, fit quant à elle son possible pour devenir une supporter encourageante de ses frères et sœurs paroissiens. Elle dût cependant refréner ses ardeurs après avoir assuré au curé, un dimanche, que son homélie était « époustouflante » : son mari lui fit remarquer que le terme n'était peut-être pas très ajusté. En épluchant ses radis noirs pour le déjeuner, elle prit la décision de revenir à un vocabulaire plus sobre.

La responsable catéchiste devint quelque temps muette. Dans le miroir de sa salle de bains où elle s'était scrutée, face à elle-même, le menton relevé, Diane Moretti avait revu son engagement paroissial et s'était jugée irritable et dictatoriale. Un sentiment de honte l'avait accablée, jusqu'à la condamner à garder les yeux baissés et à s'interdire toute intervention. Tandis que d'autres se découvraient chaleureux et experts ès-convivialité, Diane se voyait lamentablement rigide et indigne. Des petites piques bien senties que lui avaient lancées Michelle ou Yvonne ressortaient du tiroir mental où elle les avait enfermées.

Un midi, alors qu'elle traversait l'église avec son mal-être, elle croisa le vieux père Claude, qui se promenait dans le narthex, les mains derrière le dos. Il l'arrêta avec bonhomie :

– Ce sont les enfants qui te causent du souci ? lui demanda-t-il.

– Non, non, répondit évasivement la catéchiste.

– Ton Jean-Marie, ça va ?

– Oui, oui.

Il posa une main sur son épaule :

– Allez, Diane, tu sais que tu peux te décharger de tout ça aux pieds du Seigneur.

Diane avait le cœur lourd. Elle se sentait la risée de la paroisse, trop sévère, trop rugueuse. Elle avait très certainement besoin de se confier à un ami pour être consolée… Elle sollicita le vieux prêtre, ne se considérant guère plus qu'une mendiante :

– Tu peux me confesser ?

– Mais oui, dit tranquillement Claude.

Clopin-clopant, il se dirigea avec elle vers la sacristie.

– Je suis là pour ça, je n'ai rien d'autre à faire. Nous autres vieux, on est là pour ça… répéta-t-il comme en se parlant à lui-même. On est là pour écouter et pour donner la miséricorde. Parce qu'à la fin de la vie, on se rend compte qu'il n'y a rien de plus important. La miséricorde.

La sacristie sentait la poussière et le linge renfermé. D'antiques statues en plâtre se dégradaient dans un coin, l'une sans mains, l'autre au nez tranché. L'armoire regorgeant d'aubes et de chasubles était entrouverte, des nappes jaunies et des reliquats de cierges traînaient, le petit robinet aux joints rouillés gouttait dans le lave-mains, et l'oreille de Claude, si elle était bienveillante, était un peu sourde. C'est pourtant là que Diane retrouva la douceur et la paix. À travers le regard du vieux prêtre qui hochait la tête avec indulgence, dans ses yeux empreints de bonté, à demi fermés lorsqu'elle parlait, elle connut la miséricorde. C'était tout simple, en fait. Simple et solide. Il l'aimait, non parce qu'elle avait réussi quelque chose ou au contraire échoué, mais juste parce qu'Il l'aimait.

Réchauffée par cette rencontre avec ce Dieu aimant qu'elle avait souvent prêché et rarement fréquenté, elle ressortit en dansant de joie. Il s'agissait d'une danse intérieure. Heureusement, car la doyenne Yvonne se trouvait dans l'église apparemment vide. Elle la croisa près du chœur alors qu'elle apportait une gerbe de fleurs.

– Bonjour, Yvonne, salua Diane avec un sourire.

Yvonne scruta les traits rassérénés de son visage.

– Bonjour, Diane.

La catéchiste esquissa quelques pas pour s'éloigner :

– Bon après-midi.

Déposant son bouquet sur les marches, Yvonne se racla la gorge.

– Diane ?

– Oui ?

– Je... je... bredouilla la doyenne. Je voulais m'excuser.

Volte-face et silence stupéfait de Diane, qui sentait que s'ouvrait entre elles un espace sacré.

– Je te demande pardon de t'avoir trop souvent critiquée, formula Yvonne.

Embarrassée que sa voix résonnât aussi clairement dans l'église, elle fourragea dans son sac pour n'y rien trouver.

– Oooh, s'émut Diane… je reconnais que je ne suis pas très facile.

Le soulagement se lut sur leurs physionomies, suivi d'un accès de clémence chez Yvonne qui s'écria spontanément :

– Mais on a besoin de gens comme toi !

La doyenne enchaîna avec une petite moue interrogative, hésitant sur ce que signifiait exactement « comme toi » dans ce contexte.

– Ce que je veux dire, se corrigea-t-elle… on a besoin de toi.

Diane en fut fort aise. Elle n'avait aucune envie de lâcher le caté.

Mis à part ces gestes d'accueil et de réconciliation qui se multipliaient, les paroissiens se mirent à réfléchir à ce que signifiait une vie de communauté. La plupart ne s'étaient jamais posé la question. On commença à faire des propositions, à organiser des rencontres intergénérationnelles. On tenta quelques initiatives : il y eut un troc géant ; un groupe d'anciens se proposa pour s'occuper des enfants pendant la messe ; certains ressortirent leurs instruments de musique de leurs étuis – et tant pis si les dernières pratiques dataient...

On cherchait à tâtons la convivialité, avec des projets qui rencontrèrent un franc succès et d'autres qui l'attendent encore. Hubert Paget proposa une fois par mois un atelier réparation ouvert à tous, dont le premier adepte fut Christophe, apportant avec empressement une batterie de voiture :

– Les batteries Tesla ont la réputation d'être increvables, expliqua-t-il.

– Celle-ci a un problème ? s'enquit Hubert.

– Je ne sais pas. Je voulais savoir si elle était vraiment increvable.

La doyenne Yvonne, quant à elle, apporta ses pommes, son tablier, ses ustensiles, et investit la cuisine des salles paroissiales, d'où s'échappèrent bientôt des fumets alléchants. On octroya des sourires indulgents à sa nouvelle lubie de tartes et de beignets. On s'amusa quand elle offrit de ses douceurs aux réunions et des goûters aux enfants de passage. On admira quand elle sortit apporter ses confections aux sans-abri. On s'y intéressa de plus en plus à mesure qu'elle recommençait.

– La porte est ouverte, disait Yvonne à tous.

Et tous venaient. Ghislaine mit aussi sa main à la pâte à tarte et Marlène, Diane, Chantal, Colombe, secondèrent et approvisionnèrent à tour de rôle les cuisinières. Hubert sponsorisa, puis il devint courant pour tous les fidèles de fournir ce foyer naissant.

Dans la paroisse Saint-Hugues, ça sentait… la vie.

X

2 heures du matin en cette nuit de juin. L'éclairage des monuments historiques de la ville s'était éteint. Samuel souffla. Il avait enfin mis le point final à son reportage, le plus long reportage de sa vie : bien que ce fût de loin en loin et non pas à plein temps, il avait suivi les péripéties de Saint-Hugues durant presque trois ans. L'eau avait coulé sous les ponts depuis qu'il avait mis les pieds pour la première fois dans l'église. Sa grand-mère s'était éteinte à l'âge de 97 ans ; Kilian s'était expatrié ; Samuel avait intégré le mouvement des *clean walkers* ; sa collègue Domitille était entrée au couvent – « J'aurais dû parier », avait rugi Stéphane, avant de regretter : « Quel gâchis, elle était douée », le seul compliment que Samuel avait jamais entendu de sa bouche ; son

neveu Adrien était désormais au collège. Ce fait avait été le plus difficile à croire étant donné que Sam lui-même était encore collégien la veille, ou au maximum un an plus tôt.

2 h 17. Le reporter hésitait encore. Allez, courage. Il inséra l'adresse du rédac chef et cliqua sur « envoyer ». *Alea jacta est.*

Mille milliards de... il avait oublié de joindre son document. Pourquoi l'univers s'était-il ligué contre lui afin que ce genre d'injustice lui arrivât constamment ? Il renvoya un deuxième mail, « Avec la PJ, c'est mieux ».

Le lendemain, Samuel rasait les murs au bureau. La matinée fut calme, il faisait mine de travailler en guettant la réponse de Stéphane, qui vint après la pause déjeuner : « Tu peux passer s'il te plaît ? » pouvait-on lire dans le mail laconique.

S'il te plaît, c'était mauvais signe. Samuel s'attendait à recevoir une volée de bois vert. Mais Stéphane était très calme. Il tenait sous les yeux le document imprimé.

– Bizarre ce titre et bizarre ta conclusion, commenta-t-il en guise de verdict.

– C'est-à-dire ?

– Je ne m'attendais pas à ça, précisa le chef.

– Moi non plus, dit Sam.

– Hum. C'est pas toi qui l'as commis de ton plein gré ?

La fierté journalistique du reporter se regimba.

– Je l'ai écrit de la première à la dernière ligne.

– Tu crois qu'on peut publier tel quel ?

– Je n'en sais rien. Mais je ne changerai pas une virgule.

– Il est cool, lui. Tu assumes ?

– J'assume.

– OK, je te couvrirai pas. Si la direction te vire, je m'en lave les mains. Note que je reste dans le thème biblique.

– J'ai toujours admiré ton mysticisme.

– Merci.

Sur le bureau de Stéphane, s'étalait l'article, dont il avait stabilossé le chapô…

Ils ont voulu changer l'eau en vin.

Vous avez toujours voulu transformer l'eau en vin, cette petite prestidigitation bien pratique pour amortir le coût des soirées arrosées ? Eux aussi, ils ont essayé. « Eux », ce sont les paroissiens de Saint-Hugues, petite église de banlieue, dans la ville de C., qu'ils ont voulu réveiller. Focus sur une aventure humaine et religieuse.

Ensuite, Stéphane avait dessiné des petits motifs dans la marge, tout au long des paragraphes, Dieu seul savait ce qu'ils représentaient.

… Au centre de la ville de C., sur la place du marché, se dressait l'église, devant laquelle le citadin lambda passait sans n'y faire plus attention. Elle faisait partie du patrimoine, son clocher rythmant les heures et son architecture servant de faire-valoir sur les cartes postales municipales. À gauche de l'édifice, on trouvait la maison paroissiale et son jardin ; derrière, le presbytère. Une poignée de fidèles se rendait à la messe dominicale, une autre poignée faisait le caté. Rien que de très banal.

Il y a trois ans, le curé, le père Luc Le Goff, y a lancé un grand chantier d'évangélisation, appelant ses ouailles à se mobiliser. Il s'agissait, explique-t-il, de « retrouver la joie de l'Évangile », quelque peu ensevelie sous la monotonie des jours. « On avait plutôt des têtes de carême, renchérit la secrétaire paroissiale, Marlène. Or, on voulait donner envie d'être chrétien. Que lorsque les gens nous voient, ils se disent : la chance… » Pour opérer cette métamorphose, des groupes se sont réunis, un chantier de réflexion a été ouvert. « On a beaucoup débattu, il y avait des idées mais aussi des désaccords, se souvient l'économe, Michelle Meunier. Ce n'est pas simple dans une communauté où cohabitent des sensibilités si différentes. » *Pour Marlène, ce qui n'est pas simple, c'est de « sortir de ses petites habitudes ». Aussi l'entreprise a-t-elle rapidement stagné.*

Et puis un jour, un soir, ce fut le bouleversement…

***

La *caldeirada de Peixe* mijotait sur le feu, embaumant la maison. Les trois sœurs étaient installées chacune dans son fauteuil, leurs trois têtes blanches dodelinant sur leurs occupations.

– C'est bientôt l'heure, dit Maria.

– Oui, bientôt, approuva Amelia, dont la montre était réglée à la même heure sur son poignet.

– C'est à mon tour d'aller le chercher, rappela fermement Carmen.

Pas de laxisme avec l'alternance pour aller chercher Abel à l'école. Amelia eut un sursaut d'exaltation.

– *Minhas irmãs* ! Le journaliste païen parle même de l'ange dans son article !

– Qu'est-ce qu'il écrit ? questionna Maria en sortant le nez de son tricot.

– Lis-le à voix haute, demanda Carmen.

… Et puis un jour, un soir, ce fut le bouleversement : un songe… une apparition… Certains disent qu'une sainte est venue, d'autres que c'était une ange ; d'aucuns rétorquent qu'un ange ne peut pas être au féminin, mais les anges ont-ils un sexe ? Quelle que soit l'explication, les paroissiens de Saint-Hugues ont entendu un message, et une perspective nouvelle s'est ouverte…

– Il ne parle pas vraiment de l'ange, fit observer Maria.

– Pas vraiment, non.

Carmen hocha tristement la tête.

– Il ne s'est pas converti malgré nos prières.

– *Deus escreve direito por linhas tortas*, rétorqua Amelia.

***

… À vin nouveau, outre neuve, dit leur grand livre. À Saint-Hugues, les fidèles, secoués selon leurs dires par le doigt divin, ont refait le décor. Exit les salles en préfabriqué à la moquette verdâtre, la maison paroissiale est devenue un chez-soi chaleureux, où l'on entre librement. Le soir, l'endroit est animé d'activités diverses : catéchisme, groupes bibliques, chorale… mais c'est surtout dans

le « Foyer », cœur palpitant de la maison, que l'on se retrouve, toutes générations confondues. Dans la grande salle aux ornements chaleureux et à l'ambiance familiale, chacun a l'air de trouver sa place. Certains préfèrent la bibliothèque et son coin lecture ; d'autres les parages du piano ; ici, un groupe joue au scrabble ; là, une grand-mère dispense du soutien scolaire à des écoliers ; autour d'une table, des adolescents dévorent la dernière tarte sortie toute chaude de la cuisine, où l'on se relaie aux fourneaux. L'entrée est libre, comme le raconte Aurélien : « Moi je suis venu un jour parce qu'on m'avait indiqué qu'il y avait une machine à café accessible dans l'entrée. Je suis entré, des gens m'ont souri et j'ai été tellement bien accueilli… que je suis revenu. Je trouvais qu'il y avait quelque chose de spécial ici, un petit plus. »

Derrière les baies vitrées ouvertes, le jardin résonne de rires d'enfants. Balançoire, cabane dans les arbres, il y a ce qu'il faut. Pourtant l'attraction principale, c'est le père Luc et le diacre Jean-Baptiste qui jouent au football au milieu des jeunes. Invité par un ami, Damien, un jeune étudiant en droit, a été agréablement surpris de l'ambiance : « Quand je suis venu la première fois, je ne m'attendais pas à trouver le curé devant une partie d'Avalon… c'était géant. » Damien est resté, tant et si bien qu'il a été baptisé à Pâques dernier...

– Bon, marmonna Stéphane, je l'envoie au SR. Publication imminente.

– D'acc, à plus, fit Samuel.

– Attends, c'est quoi Avalon ?

– Un jeu de lutte entre le bien et le mal qui déchaîne les passions. Il paraît que le père Luc joue le côté obscur *à la perfection*.

– Ah ben bravo.

***

Diane Moretti rentra chez elle à pas pressés, l'édition du jour sous le bras. Elle était curieuse de savoir ce qu'avait rédigé ce reporter. S'il avait un talent certain, posséder du talent n'était pas synonyme d'orthodoxie. Elle parcourut les lignes, les sourcils légèrement froncés.

... Saint-Hugues, ce pourrait être un foyer associatif comme un autre, sauf qu'ici, à 20 heures, on chante les complies, prière du soir clôturant la journée. Toutes affaires cessantes, petits et grands, jeunes et vieux, se tournent à l'unisson vers le crucifix du Foyer, au pied duquel scintillent des bougies, pour un temps recueilli autour des psaumes.

C'est là aussi, dans le flot de cette vie quotidienne, que surgissent les questions existentielles et celles de la foi, comme l'explique la responsable du caté, Diane Moretti : « Je viens souvent lire des histoires de saints aux enfants. Au Foyer, on partage un bout de quotidien ; on crée un lien plus profond et plus naturel qu'en se retrouvant seulement pour une heure de cours le mercredi matin. On s'assied dans le coin lecture, les adultes qui le veulent participent, les échanges sont spontanés, les questions émergent le long du cours de la vie. Il faut évidemment de l'adaptation, on ne suit pas de programme, on répond aux besoins exprimés. » Autour de Diane, en tailleur sur la moquette, des petites frimousses attendent avec avidité la suite de l'histoire croustillante de saint Augustin. Les bras chargés de vêtements de seconde main donnés par une paroissienne, la secrétaire Marlène s'arrête auprès d'une nouvelle arrivée qui hésite : « Entrez ! Vous voulez que je vous fasse visiter ? » La dame sourit et la suit, intriguée. « Tout le monde est le bienvenu. Nous ne sommes pas tous amis, mais tous frères, si », assène Yvonne Duchesne, doyenne de la paroisse, en enfournant une plaque de cookies qu'elle ira distribuer aux sans-abri. Eux-mêmes n'hésitent pas à passer pour une boisson chaude et l'hiver, on leur organise un dortoir.

« Au Foyer, explique Marlène après la visite, n'importe qui peut "palper l'Église", il y a toujours quelqu'un de disponible. Mais il ne s'agit pas de palabrer. Le chemin de chacun est avant tout intérieur et nous échappe. Ce n'est pas forcément en discutant théologie que l'on ajoute du sens à la vie… Par contre, celui qui voit le prêtre là-bas en train de faire un concours de pétanque, de boire son chocolat en finissant un scrabble avec les seniors, celui qui entend une prière pleine de tendresse aux complies, pourra être touché, il ira peut-être s'insérer dans le jeu, il mangera quelques biscuits, il dira quelques mots à Dieu. »…

– Belle description, et il me cite avec honnêteté, estima Diane Moretti, si satisfaite qu'elle venait de parler à voix haute.

***

… Le Foyer abrite également une chapelle où viennent s'agenouiller les fidèles dans un silence paisible, une salle d'étude pour les jeunes, proposée comme espace de coworking en journée, et une salle réservée à l'art. Des artistes viennent y partager leur passion, comme Alessandro qui raconte son parcours : « Je suis peintre depuis toujours, né avec un pinceau dans les mains. Quelqu'un m'a dit il y

a un an que Saint-Hugues organisait des ateliers artistiques. Je suis moi-même agnostique, mais j'ai été intéressé par leur approche, orientée vers la recherche du Beau. J'y viens souvent pour des temps de réflexion, cela m'inspire. Je rencontre des créateurs très différents, récemment une poète bouddhiste est venue nous présenter ses haïkus japonais, c'était sublime. » « Le Beau, explique l'une des organisatrices, Colombe, est un chemin pour arriver jusqu'à Dieu. Pour moi, les artistes et les chrétiens ont une mission commune : trouver la beauté du monde, et la célébrer. En ce sens, l'art dépasse l'artiste, parce que servir le Beau, c'est servir Dieu. » Près d'elle, l'organiste Jacques Tellier souligne à son tour : « L'artiste a fréquemment besoin de solitude, mais il a aussi besoin de soutien et d'encouragement. C'est ce que nous proposons ici. »

Détente, culture, prière... Pourquoi ce Foyer, finalement ? La question a été posée au curé : « Les choses se sont faites naturellement, répond le père Luc, quand les paroissiens ont désiré se rencontrer, apprendre à se connaître, à partager des moments de vie. Ce n'est pas une agrégation communautaire, c'est une famille qui ne cesse de s'agrandir. Tout n'y est pas idyllique et tout n'est pas toujours serein, mais nous savons nous demander pardon. Et nous ne nous cantonnons pas entre ces murs. Ensemble, nous essayons de répondre aux besoins de la ville

– à notre mesure. Si nous apprenons l'arrivée d'une famille étrangère, le deuil d'une autre, la solitude ou la galère financière subie par telle personne, nous allons à leur rencontre, là où elles sont. »

« Comme le dit le pape François, rappelle Charles de Boivin, un père de famille engagé, les paroisses ne sont pas des bureaux administratifs, elles doivent être au contact des familles, de la vie des gens… Elles doivent être des maisons dont la porte est toujours ouverte pour aller à la rencontre des autres. »…

***

– Bonjour, Marlène.

– Bonjour, père Luc. Vous avez vu le Caméscope du jour ?

– Non ?

– Il y a le reportage sur Saint-Hugues.

– Vraiment ? Je ne pensais pas qu'il arriverait un jour. C'est intéressant ?

– Moins intéressant que le Seigneur des Anneaux, mais pas mal. Tenez, je vous laisse le numéro que j'ai acheté au kiosque.

– Merci.

Le père Luc le feuilleta, prenant le temps de lire les développements spirituels.

… Les chrétiens sortent, et leur église, à côté de la maison paroissiale, n'en est que plus fréquentée. Nombreux sont ceux qui franchissent ses portes dont les deux battants s'ouvrent à l'aube et ne se referment que lorsque la ville s'est endormie. Un homme est à genoux dans une chapelle, trois dames vêtues de noir récitent le rosaire dans une autre, plusieurs autres sont recueillis à divers endroits, des cierges brûlent, des personnes attendent en ligne pour se confesser… c'est l'ambiance ordinaire de Saint-Hugues. Trois vieux prêtres ont rejoint la paroisse à demeure : dans leur grand âge, ils n'ont pas de responsabilité ; ils n'arpentent plus les rues, mais ils sont présents, se relayant dans le lieu de culte, tout oreilles et toute patience. « Nous sommes là pour l'écoute, estime le père Claude Bouvet, qui se déplace à grand-peine. Il n'y a pas d'heure de permanence, nous sommes simplement disponibles pour ceux qui viennent. » Le vieux prêtre-ouvrier prêche avant tout pour la « bonté » : « Dieu est bon et nous sommes ses messagers. Rien d'autre. »

Le dimanche, jour du Seigneur, la paroisse revêt un aspect de fête bigarrée, avec une messe joyeuse, une chorale, des instrumentistes et des enfants de chœur rayonnants. « Il vaut mieux dire servant d'autel plutôt qu'enfant de chœur, parce qu'on est au service de Jésus », fait remarquer Sylvain, qui, comme son frère aîné Adrien, ne manque aucune célébration. Même si les deux garçonnets et leurs acolytes ont parfois du mal à réprimer un fou rire autour de l'autel, ils gardent la plupart du temps une contenance digne.

Avant la messe, anciens comme nouveaux sont dûment accueillis dans l'église, par une main tendue enthousiaste, comme en témoigne Hervé Jacquemin : « Il faut que chacun entende, quand il arrive à Saint-Hugues : waouh, tu es là ? C'est génial ! Je t'attendais ! C'est ce que Dieu nous dit quand on entre dans une église, non ? » On laissera prudemment la réponse à Dieu…

***

Élisabeth eut un léger rire.

– Regarde, mon passage préféré… il y a des relents de lettre à Diognète.

– N'exagérons rien, fit Grégoire. Mais il fallait que Sam ajoute ça, je le reconnais bien là.

– Il ne t'a pas interviewé ?

– Penses-tu… il m'a dit que j'étais trop catho idéaliste pour passer au journal.

– C'est quoi catho idéaliste ?

– Va savoir. Les lecteurs risqueraient de croire à ces fariboles.

… En ville, les paroissiens de Saint-Hugues se font remarquer : ils organisent des prêts écolos, des trocs, des brocantes, des repas zéro-déchet, des ateliers verts, une bibliothèque participative. Moteurs du développement durable, ils cherchent, disent-ils, le « développement humain intégral ». On les retrouve aussi dans des mouvements très divers, défense des migrants, promotion des soins palliatifs, contre la PMA et la GPA, contre l'euthanasie, contre l'avortement. « Nous ne sommes pas "contre", nous sommes "pour" la vie », répliquent-ils. Ils dérangent, ils hérissent, ils ennuient, ils fatiguent. À contre-courant, servant des causes incomprises, décrédibilisés en politique, desservis par leurs propres contradictions… ils savent que le monde ne leur fait pas de cadeau, ils acceptent de ne pas être sous les projecteurs. « Notre vrai monde n'est pas là », les entend-on assurer, le regard vers un Ciel qu'ils semblent deviner, au-delà de l'azur.

Il y a quelque chose de spécial à Saint-Hugues, disait Aurélien. Le secret ? « C'est simple, les plus pauvres sont nos préférés, répond Marlène. Une pauvreté qui peut prendre bien des visages, pauvreté morale, culturelle, sociale, relationnelle, etc. » La priorité, ce sont les plus fragiles et les plus nécessiteux. « Nous avons aussi développé des outils 2.0 pour eux, ajoute la secrétaire. Par exemple, nous avons l'appli Capharnaüm... du nom de la ville de Galilée où Jésus a guéri la belle-mère de Pierre. Des malades, chroniques ou non, s'y inscrivent et peuvent demander qu'on les visite ; ça marche du tonnerre, surtout l'hiver chez les personnes âgées seules. On ne réalise pas d'actions éclatantes... au contraire, c'est très ordinaire, un sourire, quelques paroles ; on passe un moment auprès d'elles, en offrant une présence, en étant juste là, à côté de l'autre. » Pour Marlène, au long de cette odyssée qui ne fait que commencer, « les paroissiens sont sortis de leurs histoires de clocher... ils ont rejoint l'humanité. C'est vraiment cela, Saint-Hugues : un lieu de rencontres humaines où passe la grâce, parfois, où elle veut et quand elle le veut »...

***

... Trois ans plus tard, c'est l'heure du bilan. Une paroisse modèle ? Une communauté d'imparfaits, de bras-cassés. Un conte de fées scintillant ? Une histoire de sueur, de labeur, de vie quotidienne. Un projet pharaonique, dont on parlera loin et longtemps ? « Les paroissiens de Saint-Hugues n'ont pas inventé la roue, tempère le père Luc. Ils ont juste cherché à incarner le message de Jésus. Toujours ancien, toujours nouveau. »...

Sam tournait les talons pour quitter le bureau du rédac chef, quand la voix de Stéphane le rattrapa :

– Du coup, tu signes frère Samuel de la Trinité ?

– Tordant.

– Ou alors fr…

– La ferme, Stéphane.

***

… « *Au final, conclut le curé, avec nos péripéties paroissiales, nous avons réalisé qu'il n'y avait rien de plus désirable que ce que disait déjà Tertullien au deuxième siècle : Regardez comme ils s'aiment… C'est la mission qui nous est confiée.* »

Le père Luc Le Goff reposa le journal, qu'il plaça sur le présentoir, à l'entrée du Foyer. Un sourire se dessinait sur son visage.

Il partit rejoindre la chapelle pour son action de grâce, en fredonnant joyeusement…

Qu'il est doux pour des frères, de demeurer ensemble, dans l'unité, la prière, par l'esprit qui rassemble !

Du même auteur

Anne Kurian, *Le Secret d'Emma M.*, 2018
Anne Kurian, *Beau Brun Ténébreux*, 2019

Dans la même collection

Thomas Hervouët, *Les Pieuses Combines de Réginald*, 2014
Jean Mercier, *Monsieur le curé fait sa crise*, 2016
Jean Mercier, *Le Roman de Jésus*, 2018
Élisabeth Lucas, *Les Tribulations d'Aliénor en milieu étudiant (et parfois hostile)*, 2018
Élisabeth Lucas, *Les Nouvelles Tribulations d'Aliénor*, tome 2, 2018
Stéphanie Combe, *Ouf! Maman part au couvent*, à paraître (2019)

www.editionsquasar.com

web

Achevé d'imprimer en mars 2019
sur les presses de la Nouvelle Imprimerie Laballery – 58500 Clamecy
Dépôt légal : mars 2019 N° d'impression : 903221
Imprimé en France

La Nouvelle Imprimerie Laballery est titulaire de la marque Imprim'Vert®